本色文丛·于晓明　主编

读博日记

张洪兴／著

深圳出版发行集团
海天出版社

图书在版编目（CIP）数据

读博日记/张洪兴著. — 深圳：海天出版社，
2013.1

（本色文丛）

ISBN 978-7-5507-0599-9

Ⅰ.①读… Ⅱ.①张… Ⅲ.①日记—作品集—中国—
当代 Ⅳ.①I267.5

中国版本图书馆CIP数据核字（2012）第263757号

读博日记
DUBO RIJI

出 品 人　尹昌龙
策 划 编 辑　于志斌
责 任 编 辑　陈　嫣
责 任 技 编　蔡梅琴
装 帧 设 计　王　璇
书 名 题 签　嵇贾孜

出版发行　海天出版社
地　　址　深圳市彩田南路海天综合大厦（518033）
网　　址　www.htph.com.cn
订购电话　0755-83460293（批发）　83460397（邮购）
设计制作　深圳市龙墨文化传播有限公司　Tel：0755-83460859
印　　刷　深圳市华信图文印务有限公司
开　　本　787mm×1092mm　1/32
印　　张　7.625
字　　数　137千
版　　次　2013年1月第1版
印　　次　2013年1月第1次
定　　价　31.00元

　　张洪兴，1959 年 10 月出生，1983 年山东大学哲学系毕业。现任淄博市委宣传部副部长，市文联党组书记，中国作家协会会员，中国摄影家协会会员；大学商学院教授，管理学博士，研究生导师。业余时间研究哲学、管理学，进行文学创作。已出版哲学、美学、经济管理学专著 20 部。其中，《企业社会资本、动态能力与企业绩效关系研究》为国家社科基金项目，并被鉴定为优秀。3 部为山东社科规划项目，多次获山东优秀社科奖。《组织美学论纲》《社会共识论》等专著为国内开先之作。著有长篇小说 5 部，中短篇小说、散文、诗歌、摄影等 10 部。其中，长篇小说《潮起潮落》获山东省第八届精品工程奖，《绿逝》获全国第四届关注森林文艺奖、山东省第九届文艺精品工程奖；《一诺千金》（原名《彼岸》），为 2010 年度中国作协重点扶持项目。日记《妩月湄嗜》《七泉村日谱》，出版后得到好评。

序

人生本来就如同流水，无非水的姿态各异：或咆哮千里激越如瀑，或静水流深宁静致远，或混浊或清澈或流畅或滞涩。把日记称作人生之流水账，倒也贴切。

追溯日记之源，是专家之事，想来必也有些历史。有时读古人之笔记，恍然感觉就有日记的影子。比较有些影响的如《阅微草堂笔记》等，似也不是著者刻意为之，更像每日随手记下，积累多而后成书。写日记的益处之多，不胜枚举，最起码有备忘的功能。

拜读张洪兴先生的日记，同样唤起了我的许多记忆。虽然这些日记离现在最近的只不过到两年，但如果不是这些日记，笔者同样亲历其间的一些事，早已忘得一干二净。最近也读了些名人的日记，如蒋介石诸公的，从中窥见了史料之外的另一面，也看见了这些历史名人真实的内心世界。正因为日记的私人化隐秘性，反而从另一个层面最大限度地保证了日记的真实性或接近真实性。虽然笔者与张洪兴先生非常熟稔，但通过读日记才发现，我对他的认知是扁平而非立体的。这是不是日记的另一种贡献呢？

在上世纪某个特定的年代，日记却走向了"日记本来意义的"反面。在这个年代，日记不再是记录真实人生历程、倾诉人生真实感慨的文本，日记成为一种等待被别人发现的"伏笔"。里面充斥的是最"革命"的口号，最"忠实"的表白，最"大公无私"的思想……所以，日记的自由书写也证明了时代的开明与进步。能在自己的日记里记录真实才是日记本来的"意义"所在。

当然，在日记的真实性得以保证的基础上，应该说其质量也有高下之分。写作功底，记录之取舍选择是影响日记质量的两个主要元素。语言的凝练与准确是其艺术性的基准，而取舍之间的选择，也是日记书写者"价值观"的反映。也曾读到一些日记，是真正意义上的"流水账"，几乎不加取舍，一天下来之事全部网罗进去，真有浪费纸张之嫌。张洪兴先生的日记，长则千言，短则一语，就反映了作者的"有则详记之，无则简言之"的日记书写风格。张洪兴先生日记的另一个特点是语言平和，极少臧否人物大发感慨，这或许与他做人厚道宽容有着很大的关系。

写日记是一种习惯，一种好习惯。张洪兴先生政务繁多，又有自己的创作计划，却能见缝插针，许多年坚持日记的书写，殊非易事，从中也能看到张洪兴先生的执着与韧性。笔者亦曾发誓进行日记的书写，却总是坚持得不够好。以己推人，持之以恒地记日记，是值得尊敬与钦佩的！

这本日记中选录的主要是张洪兴先生2005年至2010年期间有关读博和进行文学创作、学术研究的内容。从中能看到张洪兴先生在政务之余学习、创作的勤奋历程、他的创作规划、他的时间安排、他的付出与收获。

对于日记，我所知甚少，只是点滴感悟；通过阅读洪兴先生的日记，更深层地了解他，是我的收获。祝愿他在日记方面有新的收获。

是为序。

2012年仲夏　张方明于根德文化

目录 Contents

2005 年日记

【5月13日】春节后同中央党校学者、学友王杰先生谈及读博士的事，王杰建议可以试一试读澳门科技大学的博士，记在心上。

昨日同市人保公司孙涛谈及此事，孙涛经理言，山大华特同澳科大正在招硕士，可顺便问一下博士招生情况。

上午10点到济，张征、乔华、赵炎分别去印刷厂校对《淄博粮食志》《淄博粮食年鉴》及我去年完稿的《社会哲学新论》。

同孙涛去山大华特报澳门科技大学的研究生，孙涛报了名，报博士生只是象征性地填了张表，真正报名要等到学校看了我的材料再说。中午在小吃城同自牧、培志、博瀚、柳原、张征、乔华、赵炎等用餐。后去东方图书公司买书，购买下列图书：1.《生活哲学》，杨楹、张禹东主编，社会科学文献出版社出版。2.《意识论—意识问题的自然科学研究》，唐孝威著，高等教育出版社出版。3.《〈列国志〉美国》，杨会军编著，社会科学文献出版社出版。4.《美国年鉴（2004）》，中国社会科学出版社出版。5.《自然辩证法概论》，刘大春主编，中国人民大学出版社出版。下午把我的美国日记《七泉村日记》交给自牧，开始排版。自牧赠赵雪松的《黄河三角洲书法群落》一书，后回淄博。下午齐延安、辛俊强同学从济南来淄，我把在美的部分照片拷给延安，晚上金禾宾馆用餐，先彧等陪同。

【5月17日】大雨，上午10点前调度市粮油商贸城建设的几个问题，谷红、李浩等参加，10点后去山东大学。中午在静

雅大酒店用餐，同山大哲学与社会发展学院马广海教授、山大管理学院赵炳新教授用餐。饭后去赵教授办公室，两人为我报考澳科大 DBA 写了推荐书。下午在山师西邻书店买书四本：1.《美国城市化的历史解读》，王旭著，岳麓书社出版。2.《生态哲学》，铁俊生、余谋昌主编，中共中央党校出版社。3.《美国文学简史》，董衡主编，人民文学出版社。4.《美的结构》，孙绍振，人民文学出版社。《美的结构》为人民出版社 1988 年 6 月出版，有长春电影制片厂图书馆藏书章，原价 2.60 元，济南古旧书店卖 20.00 元。晚上在省法院接待处用餐，齐延安、丁希滨、薛瑞丽、辛俊强、戚学勇、田玉国、刘勤等参加。22 点回淄博。

【5 月 18 日】上午接待粮贸公司八名职工上访。关于房子产权证事宜。后去济南，先到省党校，校友刘力言教授为我开了我在校学习的成绩单，报澳科大 DBA 需要这个成绩单。中午同自牧等在一起用餐，定我的新著《社会哲学新论》的封面。下午 2 点去山大华特职业培训学院交上报澳科大 DBA 的材料，后回淄博。

自牧赠《谢觉哉日记》（上下卷）人民文学出版社 1984 年出版。

晚上修改校对我的散文集《心境如灯》。

【7 月 6 日】澳门科技大来电，原来填的表格等不是正规的表格，需下载新表格重新填写。填写好有关表格，并发给澳科大。修改校对我的散文集《心境如灯》。

【7 月 8 日】上午 9 点去万杰集团，先见陈增仁及香港客人林先生，同孙启玉见面，谈为万杰引资之事。后去祥和集团接待毛源泉，谈市粮油商贸城建设问题，对粮油商贸城建设达成意向。中午收到澳门科技大 DBA 面试笔试通知书、准考证及考生须知。要求于本月 17 日在南京笔试与面试。下午委托家祯把有

关材料发往澳门科技大研究生院。

面试笔试通知如下：

面试通知书

张洪兴同学：

兹收到 台端报读本大学行政与管理学院／工商管理（管理学）博士学位课程的报名申请，经初步审核后，决定安排一次笔试和面试，以便进一步确定台端之入学资格。有关笔试／面试安排如下：

日　期： 2005 年 7 月 17 日

时　间：

管理学博士： 17 日上午 8:30 面试，下午 1:30 笔试

工商管理博士： 17 日上午 8:30 笔试，下午 1:30 面试

报到时间： 2005 年 7 月 16 日 16 时至 22 时

报到地点： 南京市珠江路 389 号南京东方珍珠饭店

联 络 人： 徐老师、冯老师

面试当天联系电话： 13326682092、13326636160

敬请于上述时间内，准时到达面试场地（南京市珠江路 224号）。倘未能于上述时间出席者，将视为自动放弃。

澳门科技大学 研究生院

【**7月9日**】上午市委组织部来考察谷红，按要求谈话。晚上接待香港林先生，福建陈先生，商谈为万杰引资事宜。

收到北京于晓明关于我的《当代美国经济概论》一书的校对感言如下：

张局：

大作书稿赶校了两天两夜，方毕。校出错误百余处，尤其中间部分，错处较多，我已一一校出，您再看一下。有几处我拿不准，打了问号。此书写的甚好，资料详实，文笔生动，读起来不枯燥，使我受益匪浅，重新认识了美国经济。我觉得您在此书中做到了尽量多的客观描述，而非评论。此书出版后，可否多送我

几册，我让几个骨干员工学习学习。

另，今年我开发了一个素质提升管理的课程，已举办38场，反响强烈，效果甚佳，附上详细内容连同我公司的介绍，看能否在粮食系统推广一下。每场（期）一般80人左右效果尤佳。如有不便就算了。

祝一切安好！纸短情长，余容后叙。

弟：晓明

【7月15日】上午春景来，谈起粮食轮换的事。

胡云萍来，商定我的《心雨匆匆》摄影集书样。中午同孙立新在金禾用餐。下午2点同夫人、儿子去济，先把我的《当代美国经济概论》样书给自牧。下午5:30到曲阜，见美籍华人单义及其家人，晚上同赴美的同学们术平、希滨、张慧、马啸、俊强、伟宏、惠育、晓嫚等用餐，后看大型歌舞晚会。歌舞气势宏大，表演精湛。

术平送我线装《孔子圣迹园》一书。

老陈来电：为万杰引资进展顺利。

修改校对散文集《心境如灯》。

【7月16日】早上7:30离开曲阜，下午1点到南京，4:30到南京东方珍珠饭店，领上澳科大DBA明天考试的有关说明及准考证，后去新华书店买有关企业管理的书如下：1.《管理学》，宋瑞卿、张晓聂著，中央财政经济出版社出版。2.《企业管理》，马红光主编，科学出版社。3.《问题意识》，何怀宏著，山东友谊出版社。4.《社会生活方式新论》，于金福著，社会科学文献出版社。5.《管理哲学新论》，杨伍栓著，北京大学出版社。6.《人生哲学》，邬昆如著，中国人民大学出版社。晚饭后同夫人、儿子、家祯、祥林去看夫子庙、秦淮河，21点回到宾馆。后看《管理学》《企业管理学》至23:30，睡去。

【7月17日】早上看《企业管理》。8点澳门科技大学徐梅主任领我们去考试，上午8:30开始，考《管理学》两道理论题，两道实践题。10点考完，觉得答得可以，就是时间太紧。

上午夫人、儿子、祥林去了中山陵，家祯陪我考试。下午1:30面视，2:15轮到我，先自我介绍，后抽题，我抽到一个电子商务方面的题，我的专著《当代美国经济概论》中，有一章是这方面的，因此，面视老师对我的回答表示满意。下午3点离开南京，晚10点到张店。

【7月26日】上午主持召开局长例会，研究本周工作。下午去日照曲阜师大日照分校参加山东省哲学学会年会。

【7月27日】早上九点年会"和谐社会"研讨会开幕。后参观海滨国家森林公园。修改校对散文集《心境如灯》。

【7月28日】年会继续交流发言，下午回到淄博。我的书《社会哲学新论》被评为学会年会一等奖。

【7月29日】同志超一起召集油脂工贸破产事宜协调会。

【7月30日 –31日】校对我的《当代美国政治文化概论》。祥林陪儿子继续去淄川学车。

【8月1日】召集局长例会，研究本周工作。后去大连参加全省粮食工作会议。下午5:30到大连港。修改校对散文集《心境如灯》。

【8月2日 –3日】在大连参加会议。

【8月4日】回到淄博。家祯从济南捎回我主编的《淄博市粮食志》。

【8月5日】上午去淄博面粉厂上党课《和谐社会与党员责

任》。下午同邹大民、赵继春用餐，谈市粮油商贸城建设事宜。

修改校对散文集《心境如灯》。

【8月7日】校对我的《当代美国政治文化概论》。

【8月9日】召集粮食局全体人员会议，推荐于成武副局长报考省里的副厅级干部。

收到自牧转来我的《当代美国企业通论》一书排版稿。

【8月10日】中午同作家郝永勃、刘维襄用餐。晚上校对我的《当代美国企业通论》。

【8月11日】接待省政府粮食购销企业改制督导组。

《社会哲学新论》获第16届淄博市社科成果一等奖。

【8月12日】在淋漓湖召集全市粮食局长座谈会并讲话。

【8月13日】这些日子一直在等澳门科大DBA考试的事。有些着急，以为可能不行了。上午10:30收到澳门科技大的DBA录取通知书。

录取通知书内容：

通　知

张洪兴同学：

　　您申请报读本大学工商管理博士，根据您面试和笔试情况以及学历背景情况，大学决定有条件录取，您需参加博士先修课程的学习和考试，交纳补课费5000元港币（先修课程上课日期另行通知）。请于2005年9月1日到本大学办理入学注册手续，如不能如期前往将视为您自动放弃录取处理，并请于8月20日前将是否如期注册回执发给研究生院留位。如有任何疑问可与研究生院联系，电话：00853-8972230、8972234

　　特此通知，祈为留意。

澳门科技大学研究生院

2005年8月10日

录取通知书

张洪兴同学：

台端申请入读本校行政与管理学院－工商管理博士学位课程已获批准录取。

现随函附上 2005/2006 学年第一学期学费付款通知书，请详细阅读所有细则，并于 2005 年 8 月 10 日至 8 月 30 日期间缴交。敬请于 2005 年 9 月 1 日至 2005 年 9 月 2 日携同本通知书、学费单收据及体格检查报告于办公时间内上午九时半至下午五时半到本校 A 座行政大楼地下大堂办理入学注册及选科手续。

请注意下列各项要点：（学生如有遗漏或延误下列任何一项程序，本校有权取消其学籍，不予保留学额。）

1. 学生必须递回毕业证书或等同学历毕业证书正、副本及成绩单正、副本到本校办理注册手续。

2. 学生必须在指定日期前缴有关费用及办妥注册手续。

3. 学生所提交的证件及数据必须与申请时相符。

倘对以上安排有任何疑问，请致电研究生院，电话：8972235、8972234、8972248 联络。

在此谨代表澳门科技大学欢迎入读本校，顺祝

学有所成！

澳门科技大学教务长：陈永祥

2005 年 8 月 10 日

中午在肥牛城用餐，孙立新、徐忠等参加。晚上在淄博胶东庄户城用餐，李浩及夫人、家祯及夫人，家生及夫人参加，主题是为儿子张寅考上大学祝贺。

【8 月 14 日】 中午班子成员共同为顾红、李浩和韩工光去尼日利亚送行。晚上修改我的《当代美国企业通论》一书。

《淄博晚报》发表我的散文《花房子》。

【8 月 15 日】 上午召集局长例会，讨论本周工作。中午同

焦耐芳在金肥牛用餐，王志晶、金晓莉、张丽参加。下午去市委组织部见王亚黎副部长，谈了去澳门科技大上 DBA 的事，王部长很赞成。晚上同郭大民局长及继春、毛源泉、国先彧、吴新华在金禾宾馆用餐，谈市粮油商贸城建设问题。

【8月16日】上午祥民公司召开董事会议，讨论市粮油商贸城建设问题，到中午没有达成协议。讨论材料，准备接待张昭福副省长。下午去吴明君副市长办公室汇报工作，并汇报去澳门科技大学读博的事宜，吴市长签字拟同意，让刘慧晏市长审签。

【8月17日】早上 8:30 在市政府集体乘车去沂源莱芜交界处接张昭福省长，来淄博视察田庄水库，后用餐。中午向刘慧晏市长汇报去澳科大学习读博之事，刘慧晏市长同意并签发。下午张省长视察螳螂河及盗玉秋水库。5:20 到张店，5:40 用餐，市领导刘市长、吴市长等陪同。

今日国先彧局长同继春去济，联系建市粮油商贸城储备库事宜。

【8月18日】市组织部已批准同意我去澳科大读 DBA。委托家祯去公安局办手续。

7:30 同于局长简要向吴市长汇报粮食购销企业改革及夏粮收购情况。8:30 陪张省长去淄博国家粮食储备库视察。9:30 陪张省长去周村，先视察南闫粮所，周村储备库及双歧面粉厂，中午 11:30 返回张店。中午张建国书记，刘慧晏市长、侯法生、吴明君等领导陪张省长用餐。下午 2:30 张省长听市政府的汇报，刘慧晏市长主持。吴市长汇报，听汇报后，张省长讲话。下午 5 点张省长回济。

【8月18日】北京王宗云来，谈船舶油生产事宜。
晚上修改《当代美国企业通论》。

自牧来电，我的散文集《心境如灯》已经开印。

准备去澳科大报到及学习的一些资料。

【8月23日】去澳科大学习的通行证的材料已报省公安厅，给侯林山同学打电话，关照一下。下午，侯言通行证已用快递发。

中午去太和实业公司，同利军、作斌用餐。

儿子的车学得差不多了，利军给儿子弄了辆旧车，让儿子练着开。

晚上看《烈火金刚》。

【8月24日】上午10点收到去澳门的通行证。

按照市土管局的要求同国局长议粮油商贸城建设第一批土地上报的位置。

晚上修改我的《当代美国企业概论》。

【8月29日】召集局长例会，研究本周工作。

同国局长议祥良物流贷款事宜。

晚上金禾宾馆为李浩、谷红一行从非洲尼日利亚回国接风洗尘，省局毛总来谈粮油商贸城近期开工事宜，国局长又安排为我明日赴澳读博送行，三者合一，在云海厅用餐。

席间去鲁山厅同来看望袁长顺的张文堂、姜延海、车晶等用餐，席间赠送我的《社会哲学新论》、《当代美国经济概论》、《心境如灯》、《心雨匆匆》，每人一套。

我被评上全市十大社科理论专家，市里早有通知开会，今天把我的发言稿传给市委宣传部理论科。

【8月30日】上午在办公室，整理去澳门学习所需的资料等。并同国局长议商贸城先期100~200亩土地的位置。11点回家，收拾行李。12:10同夫人一起用餐。12:30同家祯、孙立新政委的夫人韩大嫂一起去济，一小时后到济南机场。飞机15:30按

时起飞，晚上 6:30 到达深圳宝安机场。孙立新在机场迎接，后住进迎宾馆。晚上喝孙立新拿来的泰山特曲一瓶、孔府家一瓶。喝后休息。

【8 月 31 日】 上午和家祯去明斯克号参观，读明斯克号的沉浮录很受启发。中午在迎宾馆一楼用餐。下午先在深圳交管局见柳奇，后去码头乘船。下午 2 点上船，上船前买书 6 本，船 3 点到珠海，谢百顺先生接我们，安排在海洋大酒店。晚上附近餐馆用餐，喝几瓶啤酒。晚上 8 点开始我们四个人打刮风，大赢。

【9 月 1 日】 上午 8:30 谢先生来，孙立新和其夫人韩大嫂送我和家祯上车后，他们俩先回深圳，后去香港，家祯送我到拱北。

谢先生对澳门很熟，通过优先通道，很快入关。到澳门科技大 DBA 班报到的我是第一个，谢先生陪我办完手续，领取日程表等有关资料。后去中国大酒店入住。晚上给夫人、儿子去电，给家祯去电。后几天的日程安排是：

日期	时间	活动名称	场地	授课教授
9月1日 (星期四)	09:00–17:30	注册	A座行政大楼 大堂	
9月2日 (星期五)	上午 08:15–08:30	拍新生照片	D座会议厅门口	
	上午 08:30–09:30	见面会	D座会议厅门口	
	上午 09:30–13:00	讲座	D座会议厅	宋宝权教授
	中午 13:00–14:00	午餐		
	下午 14:00–16:00	讲座	D座会议厅	李乐诗博士
	下午 16:00–18:00	财务学专题	D座会议厅	
	晚上 18:00–19:00	晚餐		崔毅教授
	晚上 19:00–21:00	财务学专题	D座会议厅	

9月3日 (星期六)	上午 09:00–13:00	财务学专题	D座会议厅	崔毅教授
	中午 13:00–14:00	午餐		
	下午 14:00–18:00	财务学专题	D座会议厅	
	晚上 18:00–19:00	晚餐		
	晚上 19:00–21:00	财务学专题	D座会议厅	
9月4日 (星期日)	上午 09:00–13:00	财务学专题	D座会议厅	
	中午 13:00–14:00	午餐		
	下午 14:00–18:00	财务学专题	D座会议厅	
9月5日 (星期一)	上午 09:00–13:00	财务学专题	D座会议厅	
	下午 14:30–17:30	内地学生办理 延期逗留证	澳门出入境 事务厅	
9月6日 (星期二)	上午 09:00–12:30	内地学生办理 延期逗留证	澳门出入境 事务厅	
	下午 14:30–17:30	内地学生办理 延期逗留证	澳门出入境 事务厅	

【9月2日】早上 6:30 起床，7点楼下用餐，后步行去澳科大。

澳科大环境优美，所有楼房都是绿色的，澳科大 MBA、DBA 从 2000 年起招，今年招的几十个 DBA 中，报名多达 200 多名，录取率为 1/4。

8点，DBA 班的学员集体照相留念。8:30，DBA0409 级同 0509 级开学典礼，典礼由研究生院许梅主任主持，许敖敖校长致词。许校长是著名的天文学家，主要讲了校训"意诚格物"的含义和情商的内涵。后 David Smith 讲话，还有 0509 和 0409 级的学生代表发言。典礼结束后上课。有两个讲座。一是宋宝权教授的《让我们再进化一次》谈了情商及情商管理问题，讲得生动精彩，听后很受启发，有几次让人很感动，有几年没听过这样好的课了。二是香港李乐诗博士讲《三极宣言之地球六色的启示》从更广泛的角度，用一颗宽广的爱心讲了南极北极和西藏三极的重要地位及当前的污染问题。进而引申出地球的红（热能）、黄（泥土）、蓝（海天）、白（冰季）、黑（矿岩）、绿（树木）对人类的重要意义及当今的污染现状。李乐诗博士参与三极考察二十多年，是我国最早登上北极及南极的人之一，自称南极总督和南极小姐；出版不少书籍及摄影集。下午4点开始，由华南理工大学工商管理学院崔毅教授（同时是澳门科技大学兼职教授）给我们讲财务学专题《企业动态风险管理》，由于下午讲课，中午只休息了一个小时。大家住得都很分散。老师在晚8:30前结束了讲课。

【9月3日】昨晚大雨，早上仍有几个雨点。继续上课，由崔毅教授讲企业动态风险管理问题，讲的第一部分：基础理论：关于风险、企业风险和风险管理的一般概念研究；第二部分：纵观经济杠杆理论与应用；第三部分：企业财务制度建设；第四部分：企业风险管理的案例：仪征化纤的风险管理；第五部分：银行的风险管理。

由于04级05级同时上这门课，人数较多，互动的就少一些。

学校的考勤是相当严的，上午、下午都要签到，上课后15分钟签不上到，就算旷课，将来要补课，补课就要交钱。所以，同学们都比较自觉，一般很早就到教室了。

同自牧通电，问及《日记报》刊号的事。

太和实业利军来电，问及在澳门学习的情况。

除老师讲的内容外，另有三点启发：1.企业道德风险控制。在美国企业道德风险控制主要靠制度措施，是有传统的，美国建国前地方政府多是把企业的组织形式移过来的，因而建国时很大程度上借鉴了企业组织形态的优点，随着发展，政府中的道德建设特别注意制度约束问题，这点很值得我们借鉴。2.关于企业多元化问题，崔毅老师讲到了最好是相关多元化，这有利于控制风险。这是对的，实际上，企业的多元化关键在于把每一元都做成有竞争力的元。中国的企业，特别是民营及乡镇企业在发展中形成了多元的传统，既要发扬好的传统，又要规避风险。3. 崔老师讲到农业经济时代是土地最重要，工业经济时代是产权最重要，知识经济时代是期权最重要。我的看法是产权在任何时候都重要，知识经济的关键是信息技术为核心的，而创新则显得尤为重要；而作为激励方式，产权和期权各有特点，又各有弊端。

晚上写作业，题目是《如何理解学习和开发情商重在培养新的学习习惯》，得3000字。

【9月4日】今天还是崔老师讲课，主要是六至八部分的专项风险研究，有些警语很好。

这几天感觉还是比较紧张，中午晚上两个盒饭，一份12元港币。

晚上修改《如何理解学习和开发情商重在培养新的学习习惯》。因手头没有任何参考资料，只是凭平时的感觉写。

【9月5日】继续专项风险专题，到中午12:10本专题的课全部上完，老师讲得确实不错，有深度，又好理解，收获不小。中午12:20谢百顺先生来，见到孙立新政委及韩大嫂，然后吃午餐，喝一杯白酒，两瓶啤酒，后谢先生送我到珠海海洋大酒店，家祯在门口等，下午休息。晚上在附近一家小海鲜饭店用餐，晚上看电视，又看张平的小说《国家干部》。

自牧来电，谈及《半月日谱》出版等事宜。

【9月6日】早上7点起床，后到一楼用餐，9点从宾馆出发，9:30到码头，10:30到深圳，11:30到深圳机场，吃大碗面后候机。下午2:50飞机起飞，4:20到达济南，张征、胡春景、祥

林等到机场接，又送花又递水，5:40 到张店嘉周宾馆用餐，国局长、于局长等在等候，夫人、儿子已来，后李浩、奉森等参加。边用餐边谈了粮油商贸城建设的事以及先进性教育问题。20:30回到家，喝得不少。洗澡后睡去。

【9月7日】后去新华书店买《公司股权结构与公司治理》等三本书。下午俊海在工会接待处安排接风，杨培玉、孙家友、司文秀、王桂华、洪春等用餐，喝得不少。下午整理有关材料，找出《人力资源通论》《社会资本论》等书，准备 DBA《财务学》的作业。让家祯去公安局及组织部办通行证的事。晚上回到家，仍有些酒意，看电视《古城谍影》。

【9月8日】9点招集局务会议，议本月工作。

看修好后的一些照片，看《财务学》的有关内容。

中午同谷红、延科、树文、家祯等瑞风肥牛用餐。下午家祯继续去组织部办理港澳通行证的事，上次去澳门通行证的时间不符合澳科大通知书的要求，要重新认证。晚上回家看电视《不能没有你》。

【9月9日】上午调度粮油商贸城建设问题，读《机会利益论》，最近读的几本书与我的《财务学》作业有关，牵扯到一些高等数学知识，在大学里学的一些高等数学如微积分等也都忘得差不多了，看来为了 DBA 毕业，还是要再看一下这方面的书。中午同刘泉水、李奉森等军供中心的班子在一起用餐。下午上网看新闻。晚上同邹大民局长及先彧局长议粮油商贸城建设的事。后回到家看《不能没有你》。

【9月23日】昨日送儿子去南京炮兵学院回来，喝酒不少，上班有些心慌。

上午同国局长、李浩、琪昌议粮油商贸城建设几个问题，同孔局长议国庆前的稳定问题，同于局长议粮食企业改革问题。中午同作家焦耐芳、郝永勃，画家常绍彦及王志晶在康乐家园用餐。

去澳门科技大学的通行证要再办一次，本周一去组织部专门向亚黎作了汇报，吴市长签了字。中午又填了一次表，写了保证书。

晚上校对《当代美国企业通论》。

【9月24日－25日】这两天校对《当代美国企业通论》。

25日下午自牧来电，言我的《七泉村日谱》已校对完毕，去济南时可取回最后定稿，同时议10月14－16日去北京参加全国民间报刊读书会事宜。故日记要在之前印出来。

读完《人力资本通论》，又读《社会资本论》，主要是看大意，为DBA论文写作做些准备。

【9月29日】全市粮食系统趣味运动会在东郊库举行。上午祥良公司召开董事会，议下步打算，意见有些不一致。

去新华书店买几本书，主要是买些与DBA学习有关的书。1.《劳动价值与市场价格论》，贾华强著，中国发展出版社。2.《资产评估》，鲍杰、李光洲、罗秦编著，立信会计出版社。3.《公共伦理学》，冯益谦主编，华南理工大学出版社。4.《现代物流学导论》，周盛世主编，刘明、刘艳副主编，化学工业出版社。

上午，澳门的通行证办好了，为一年内多次往返有效。晚上在五福楼同军分区鞠司令、海关关长林远、鹿林、张文泉等用餐。

收到山东社科院韩民青和山大刘玉安的信，肯定我的《社会哲学新论》等几本书的出版。

【9月30日】安排国局长、李浩、吴新华到周村区政府告知省通良公司关于粮油商贸城建设的意见。

中午同王亚黎、卜德兰、贾素英、路玉田在齐凤韶韵用餐。《淄博晚报》发表焦耐芳的《摄影中的法眼》，评我的摄影集《心雨匆匆》。下午让林祥去新华书店买来高中数学1—6册，因为DBA学习中有不少数学问题，先把高中数学看一遍，有必要再学些高等数学。

【10月1日–3日】校对《当代美国企业通论》。

10月2日去青岛，见孙立新及夫人韩大嫂。下午去海信市场、去五四广场等地。买书《风险价值VAE》（美）菲利普、乔瑞著，中信出版社；《当代资本主义新变化》许崇温著，重庆出版社。这两本书对DBA学习有帮助。

10月3日去崂山参观，看华严寺和太清宫，下午3:10离开青岛，5:30回到办公室，晚上同洪亮、房利军、孙家财、高延民等在金禾用餐。

【10月4日–7日】4号上午夫人同其科室的同事们去了上海、杭州等地，自己在家封闭四天，谢绝了所有的电话和场合，一方面要养一下身体，节前太累；另一方面集中校对一下稿子。这几天先校对完我的《七泉村日谱》，花了一天的时间，又校对《当代美国企业通论》用了一天半，《七泉村日谱》按计划本月15日前要印出来，又用一天半的时间校对《当代美国政治文化概论》第二稿，争取本月校对完第三稿。

5号开始早上散步，这几天6:30之前出去，7:10左右回来，身体轻松多了，血压经过这几天休息也很正常了。

这几天又看了初中数学和高中数学中的代数、函数、集合等内容。

这几天还重点看了两部电影《康熙微服私访记》和《红色天网》。

【10月8日】今天是节假日后第一天上班，上午先召集局

务例会，后又召集局务会议，研究了本周及本月的工作。后同国局长、李浩研究了粮油商贸城建设问题。下午研究明日向刘市长、吴市长汇报的材料。

今日收到中共中央党校、国家图书馆、清华大学图书馆、北师大图书馆、南京大学图书馆以及河北、浙江、湖南和黑龙江省图书馆寄来的图书收藏证书。

节前曾向全国 50 家及澳门科技大图书馆赠《系统劳动价值论》《社会哲学新论》《心境如灯》及《淄博粮食志》等书。

收到华南理工大学教授崔毅老师的信。

张局长，您好!

感谢您寄来的书，我于国庆节前收到，国庆这段时间看了，感觉身心放松之时又深受启发，百事繁忙之中，您能有如此澄明的心境，实在让我心服，欢迎你来广州时给我电话。

祝：身体健康!

致礼!

崔毅

【10 月 9 日】早上 8:30 到吴明君市长办公室，同于局长一起汇报粮食购销企业改革的几个问题。下午 2:40 同局长一起去刘慧晏市长办公室，汇报粮食购销企业改革的几个问题。中午市组织部陈晶、刘伟等在倪氏肥牛用餐，先彧陪同。

收到香港大学寄来的图书收藏证书。

【10 月 10 日】中午 12 点在鲁中宾馆人民会堂三楼会议室参加全市经济工作调度会结束后，市长刘慧晏，副书记、副市长周清利，吴明君，刘有先共同召集粮食购销企业改革专题会议，刘市长、吴市长分别讲话。各区县委书记、区长、财政、人事、粮食等部门负责同志参加，主要讲了省里的四条意见。中午同先进性教育督导组周纪珂等在五丰园用餐，先彧、春景等陪同。

寻找了一些资料，准备写一篇风险管理方面的论文，作为DBA 的作业。

【10 月 11 日】 今天是重阳节，局里召集离退休老干部座谈会，并合影留念。中午在金禾陪老同志用餐。晚上修改《当代美国政治文化概论》一书，一稿完毕，看来还要作较大修改。

收到湖北省图书馆寄来的图书收藏证书。

【10 月 12 日】 上午同于局长讨论贯彻省粮食购销企业改革督查精神事宜。查完体后在金禾宾馆看神舟六号飞船发射实况，看到圆满成功，很激动，很自豪。下午同朱局长讨论饲料公司和粮贸公司改革的有关事宜。同自牧通电话，议《七泉村日谱》的封面以及明日去京参加全国民间报刊读书会问题。晚上读《美国通史》第三卷。读中学里的函数及概率统计的基础知识。

【10 月 13 日】 上午 8:50 接待省粮食局张翠玉局长一行检查粮食购销企业改革情况，中午去临淄，区领导解维俊书记、付军副区长、赵增明局长等陪同。下午去周村，吴爱娜等陪同并介绍情况，晚上淄博饭店用餐，吴明君副市长陪同，于局长陪同。

晚上读高中数学。

【10 月 14 日】 上午 10 点去刘池水书记办公室，谈温州商场开发问题。中午在世纪大厦用餐，成武参加。下午接待中储粮山东公司肖喜堂一行，吴明君市长陪同。

上午同孙立新政委通电话，谈及儿子学习情况。

【10 月 15 日 –16 日】 15 号孙立新政委从北京来电话，问儿子的情况，南京炮兵学院柏参谋来电说儿子表现很好。全天修改《当代美国政治文化概论》。

16 号中午同省粮食局长郭大民及赵继春、吴新华用餐，讨论市粮油商贸城建设问题。下午修改《当代美国政治文化概论》一书。晚上同王兴辉司令、房利军先生用餐。修改自牧捎来的《七泉村日谱》。

收到自牧先生主编的《半月日谱》，上面有我在美国时的半月日记（2005.1.1–1.15）。

【10月17日】上午召集局长例会，讨论本周工作。9:30集体学习十六届五中全会公报和人民日报社论。后校对我的《七泉村日谱》。晚上在民泰酒店同安全局高昆等在一起用餐。

【10月18日】上午先去东郊库讲课，题目《新起点与和谐企业建设》。后去市作协，见金铃、康云、传斗、安杰、克和、金辉等几位作家，中午在金禾用餐。后去济南，下午3点见自牧，把校对完毕的《七泉村日谱》交给自牧，下午6:30返回。

刘健来淄博处理有关车的问题，家祯陪同。

济宁粮食局来考察，先彧陪同。

【10月19日】准备去延安等地考察。刘健来淄博处理车的问题，家祯协助。下午在家修改《当代美国政治文化概论》。

【10月20日–21日】中午11:30出发，12:50乘火车去西安，第二天早上5点到西安。后乘车看黄帝陵和壶口瀑布。晚上8:30到延安。

【10月22日】早上7:30起床，看杨家岭和宝塔山，晚上7:30到西安。

【10月23日–24日】上午看大雁塔等景点，中午1:30乘火车，24日8:10回到张店。

收到澳科大市场专题学习通知及日程表，收到补课和考试通知：

0509 级 DBA（B 班）同学：

　　兹通知台端有关 11 月份上课事宜，具体安排如下：

上课日期： 11 月 25-28 日

时间： 见附件

科目： 市场学专题

授课老师： 李怀斌教授

　　本次课程 A 班和 B 班将分开于不同时间来澳上课，敬请各位同学注意。另本学年学校暂不能安排校内住宿，请各同学自行安排校外住宿。

澳门科技大学研究生院

2005 年 10 月 24 日

澳门科技大学
11 月份 0509DBA（B 班）上课日程表

日　期	时　　间	活动名称	场地	科目名称	授课教授
11月25日 (星期五)	上午09:00-13:00	上课	H516		
	中午13:00-14:00	午餐			
	下午14:00-18:00	上课	H516		
	晚上18:00-19:00	晚餐			
	晚上19:00-21:00	上课	H516		
11月26日 (星期六)	上午09:00-13:00	上课	H516	市场学专题	李怀斌教授
	中午13:00-14:00	午餐			
	下午14:00-18:00	上课	H516		
	晚上18:00-19:00	晚餐			
	晚上19:00-21:00	上课	H516		
11月27日 (星期日)	上午09:00-13:00	上课	H516		
	中午13:00-14:00	午餐			
	下午14:00-18:00	上课	H516		
11月28日 (星期一)	上午09:00-13:00	上课	H516		

通　知

张洪兴同学：

　　您好！

　　根据您录取入读本大学工商管理博士学位课程的情况，您是属于有条件录取的学生，需要参加4门科目（管理数量方法、管理沟通、策略管理、人力资源管理）的补课和考试。现通知你补修课程将于2005年11月29日至12月6日进行，请务必按时上课。

　　如有任何问题，请致电研究生院：00853-8972104或8972234。

　　特此通知，祈为留意。

澳门科技大学研究生院

2005年10月24日

【10月25日】上午同国局长去人事局向张守华局长汇报，在市局设立检测检验中心及监督检查科的事宜，达成共识。中午同耐芳等在一起用餐。晚上修改《当代美国政治文化概论》一书。看哈代小说《还乡》。

　　收到江西省和海南省图书馆寄来的我的《社会哲学新论》《心境如灯》及《淄博粮食志》的收藏证书。

【10月26日】上午接待孙立新。后接待俊海等，同贵东、春景等谈工作。中午同孙立新、宗俊海、孙衍喜、刘路生、杨培玉等在江南豪景用餐。晚上看完哈代小说《还乡》。

　　收到宁夏、山西、贵州省图书馆寄来的《社会哲学新论》、《心境如灯》、《淄博粮食志》的收藏证书。

【10月27日】同李健、赵永良在博山进行粮食执法检查。中午西国、树民、徐磊、王勇陪同用餐。下午返回。

【10月28日】上午同夫人、家祯、祥林去南京，下午3:30到江苏工人疗养院。孙立新及夫人4:30赶到，给儿子去电话，

儿子 4:30 到疗养院见面。南京炮兵学院院长吴强到疗养院看望孙立新部长，我们一同见面，半小时后吴院长有事回院。晚上我们在一楼用餐。较累，早休息。

【10 月 29 日】上午 10 点炮兵学院柏秘书来接我们到院里。先看炮兵学院的电视片。炮兵学院 1931 年建立，原是国民党的军队院校，南京解放后，山东临沂特种学校迁来，是我党最早的军事院校之一，现地方生 8000 多人，军校生 2000 多人，研究生 400 多人，学校风景秀丽，环境颇good。后柏秘书带领我们参观校园，11:30 吴院长、法律系政委伏健章，柏秘书、王友高队长一起招待我们，席间，我赠书《社会哲学新论》《心境如灯》《心雨匆匆》各一套。下午 1:30 离开学校，晚上 7:30 到张店。

【10 月 30 日】参加市委全委会，上午听张建国书记、刘慧晏市长的报告，后讨论。下午 3:30 复会，5 点散会。晚上修改《当代美国政治文化概论》一书。

【10 月 31 日】上午召集局长例会，议本周工作。后讨论生管站、二库、三库进人事宜，二库 2 人，生管站三库各 1 人，另研究良辰公司有关事宜。收到武汉大学、广州图书馆、上海图书馆寄来的我的《社会哲学新论》《心境如灯》及《淄博粮食志》的收藏证书。中午同曹庆文、朱卫东、李浩、韩己宝等金肥牛用餐。

自牧来电，我的《七泉村日谱》一书印刷完毕。

【11 月 1 日】上午 9 点去济，10:30 到自牧办公室，把校对好的书稿《当代美国企业通论》交给自牧。中午同丁希滨、马啸、戚学勇等用餐。后去省党校拿了获奖证书，我的《社会哲学新论》获本年度省哲学学会一等奖。

今日收到去美国学习马里兰团的《赴美培训文集》，收有我的论文《美国社会诚信的特点及借鉴意义》《心境如灯》和《叶落去》三篇。收到李贡平编的《永保先进性》一书，内有我的体会一篇。

下午4点回到张店，后理发。晚上修改《当代美国政治文化概论》。

看哈代小说《苔丝》，是第二遍看了，为我的第一部长篇小说的写作做准备。

【11月2日】同夫人陪孙立新政委及韩夫人登鲁山，11点到山下，下山时为13:30，在鲁山新竣工的鲁山饭店用餐。下午参观艺缘阁及古玩市场。晚上同元爱、李亿章用餐。21:30赶回张店。

【11月3日】上午同于局长向吴副市长、刘市长汇报有关粮食情况。下午准备明日会议有关材料。晚上修改《当代美国政治文化概论》。

【11月4日】中午同张文泉、远林、巴新福、王光胜等在嘉周用餐。下午参加全省粮食购销企业改革等电视电话会议。张昭福副省长主持，韩寓群省长讲话，邹大民局长发言，市里志超主持，吴市长讲话。晚上知味斋用餐，同李浩、成武议面粉厂改革事宜。

【11月5日】修改《当代美国政治文化概论》。晚上同邹大民、刘卫忠、许建国在金禾用餐，议粮油商贸城建设问题。

【11月6日】全天修改《当代美国政治文化概论》。

同南京炮兵学院伏健章政委通话，邀我为其专著写序事宜。

收到南京图书馆、海口图书馆寄来的我的《社会哲学新论》《心境如灯》及《淄博粮食志》的收藏证书。

【11月7日】上午召集局长例会，讨论本周工作。中午为袁长顺书记和谷红学习归来接风。晚上同国先彧局长、卜德兰局长、王静科长在嘉周用餐，胡春景、王丽波陪同。

【11月8日】召集局务会议，议本月工作。晚上修改《当代美国政治文化概论》。

收到耐芳对我的《当代美国经济概论》一书的评论。

【11月9日】修改DBA作业论文《对一个化工项目的投资风险分析》。晚上修改《当代美国政治文化概论》。

收到我被评为淄博十大社科理论专家的证书。

【11月10日】今日我的生日。

上午修改定稿DBA财务学专题的作业论文，六千余字。中午同夫人及刘志庆、杨飞、胡景春、王克东、王家祯、林祥等在嘉周大酒店用餐。晚上修改《当代美国政治文化概论》一书。

【11月11日】上午读《最新卡通漫画技法》一书。下午修改《当代美国政治文化概论》。晚上继续修改。看哈代小说《苔丝》。

【11月12日】全天修改《当代美国政治文化概论》一书，到晚上9点全部修改完毕。

收到耐芳电话，他已写完我的《社会哲学新论》的评论《哲学链环》。

【11月13日】中午写《当代美国政治文化概论》后记及参考文献。

上午、下午、晚上读完《行政学》。晚上看哈代小说《苔丝》。

【11月14日】上午召集局长例会。晚上先同孙立新部长在

许氏海参馆用餐，后同洪亮、谷红在金禾用餐。

【11月15日】　收到南京炮兵学院的伏健章政委的书稿《思辨录》38万字，文章有深度，有特色。

今日各局长均已到各区县督导粮食购销企业改制情况。

晚上练字。

【11月16日】　同于局长先到张兆宏秘书长办公室，汇报有关粮食购销企业改革情况。后去济南同自牧、禚培志商量《思辨录》的出版事宜，中午同自牧、刘健、培志用餐。正好苏州马稼句来济，一起用餐。晚上赶回，电话向刘慧晏市长汇报粮食购销企业改革情况。

自牧赠《日记报》合订本一套。

【11月17日】　向在马里兰大学学习的有关同学赠送《七泉村日谱》《心境如灯》和《社会哲学新论》。上午10点同韩其浩去博山参加淄博意健城建筑有限公司及万顺御花园奠基仪式。中午同韩其浩、焦仁芳等用餐，闫西国、许磊等陪同。

【11月18日】　寄回南京炮兵学院伏政委的书稿，言在南京和在济南印刷均可，并附我和柳原等主编的《艺术中国》创刊号杂志和《七泉村日谱》一本。

中午同李同军、曹庆文、李钟琴、王宗云等用餐，国先彧陪同。晚上在金禾宾馆同行宏书记、自牧、志超、培志用餐。

【11月19日】　去博山，看望岳母，晚上同李亿章、房利军等用餐。谈及博山粮食购销企业改革及行政机场建设问题。晚上8:30回到张店，后练字。

收到自牧最新专著《三清集》，内有他为我的书《妩月湄嗜》《大地乐章》《吴砚玉艺》《心境如灯》写的序跋四篇。

【11 月 20 日】 读《公共行政》一书，中午读《苔丝》一书。晚上练字半小时，看英语电影一小时。

收到南京炮兵学院伏健章先生来电，言书稿等收到，赠的《艺术中国》及《七泉村日谱》同时收到，称赞《艺术中国》办得好，在这方面以后可多交流。

【11 月 21 日】 周二早上同成武局长向吴明君副市长汇报区县督查粮食购销企业改革进展情况及市企业的改革情况。后向吴副市长即以去澳门科技大学习事宜请假。召集局长例会，议本周工作。

上午同于成武、朱局长去面粉厂，讨论改革事宜。中午同桓台中心库张燕等用餐，成武、卫东、李浩、己宝等陪同。晚上在云海接待韩其浩等老干部。

【11 月 22 日】 同农发行柴洪德到太和公司，中午刘荣喜、王勇、李亿章等陪同。后去济南，向邹大民局长汇报粮食购销企业进展情况。下午 5 点赶到张店，后去淄博商厦买帆布包一个，准备去澳门用。

【11 月 23 日】 早上去办公室，王利兴来，要求行政关系及党员关系进入某个企业。同国局长商量，党员关系可以考虑，因其已进入长效机制，行政关系不再考虑。后回家收拾一下，11 点在博苑宾馆，维寰安排便餐，11:30 同夫人和尚玉荣去济，济南去深圳的 1811 次班机晚点一个多小时，下午 5:40 到达深圳，6:30 孙立新部长安排在边防大酒店用餐。

【11 月 24 日】 早上 7 点起床，8 点用餐完毕，同孙立新部长去蛇口码头，后孙部长赶回深圳。

夫人和尚玉荣在深圳游览。11:50 许佰顺来接，下午 1:10 到达皇庭海景酒店。酒店是个五星级酒店，设施完善，服务好，离澳门科技大较近。

下午晚上都在看《苔丝》。

感恩节收到陈湘安来电，言书收到，谈起去年感恩节在华盛顿袁桂芝、董玉峰家过的情形。

【11月25日】早上8点吃完饭，后步行去澳科大，由于穿的是新鞋，一路上脚很不舒服，8:25到达澳门科技大学。这次上课换了地方，是刚竣工的一个大楼，房间仍有刺鼻的气味，开开窗子一阵子后才好些，大楼建筑质量很好，外墙仍保持了澳科大淡绿色的风格。

这次是市场学专题，由东北财经大学工商管理学院市场营销系主任、教授李怀斌主讲。讲课资料主要涉及五个板块，即认识市场营销、分析营销机会、开发营销战略、计划营销方案和管理营销工作。今天主要讲了第一板块，讲课采用"一拖三"的方法，这个方法很好，能做到深入浅出，适合研究生教学。在这一板块里，有一个题目可以做一些深入的探讨，如目前中国企业营销以客户为中心的转换问题。

【11月26日】昨日新鞋把脚后跟磨起两个大泡，疼痛难忍，早上打的去学校。今日进行的是第二讲，即分析环境与市场机会，主要讲了环境分析中的环境扫描分析和市场分析及营销问题。其中有几个问题是可以继续探讨写成大一点的文章，如企业边界漂移假设等。李老师有自己的论文和研究，此后可以就此进行再探讨。中午在食堂用餐，晚上回宾馆，不愿吃米饭，故买一包方便面回房间用餐。晚上看哈代小说《苔丝》。

构思漫画：1. 营利是客户的负产品。2. 企业的目标在企业之外。3. 思想解放：身子迈进来，脑袋在外边。

【11月27日】早上6:30起床，7:10下楼用餐，脚有些好，但仍很疼，早上8:10打的到学校。今天老师讲完第三板块和第四板块的一部分，很受启发。第三部分里讲了客户满意战略、关系营销战略和差别化战略。其中，关系营销战略收获最大，将来若有时间可以再重点研究一下。在第四部分，主要讲了产品和价格策略问题。其中，对企业产品有了一些新的认识。中午在食堂用餐。晚上同剑锋在皇庭海景大酒店二楼用餐。

构思漫画：1. 软打击：不作结论。2. 产业俘虏。3. 隐性知识的拥有者。

下午收到澳科大梁静敏的来信及同时发来的澳科大研究生学术道德规范条例（试行）。

【11月28日】今日的脚好多了，不那么疼了，但不能多走路，还是打的。由于皇庭海景大酒店只订了四天，故饭店先结账，后拖着行李去学校。

今日讲了第四个板块的促销分销策略和第五个板块的市场调研策划、组织问题，有不少收获。

赠老师《心境如灯》并同老师合影。

市场学专题收获颇多，因为原来自己只是看过几本这样的书，如顾国祥、万方华主编的市场学，原来知道得不是很深，而在有的方面，如企业的边界关系等方面自己也在有的文章中谈到过，老师已讲，印象就更深了。原来以为市场学主要是侧重于应用知识，经过学习，觉得并非如此，确有许多东西要研究，李老师的讲课在一些方面有深度，确是拓宽拓深了问题的认识和思路。中午12点老师布置完作业后，同谢百顺主任联系。自己先到新世纪大酒店大堂，后谢主任来，由于下午两点后才能入住，便在一楼用餐，两点后入住。下午、晚上整理老师的讲课，看完《苔丝》。

【11月29日】下午由陶向南博士为我们讲人力资源管理课程。

今天上午，拥有来自北京、上海、江苏、北海、华中科技大学等七八个地区近400名学生的MBA硕士班开学。我们DBA班中的AB班有16名学生，报博士时有学历没学位，需要补修四门课程。

陶向南是南京大学商学院的老师，讲得很好，不少问题有启发。

下午4点安排了一个专题讲座，贾绍华博士讲：简析有效的管理者与公共管理的有效性。晚上7点陶向南继续讲课至9:30。后回新世纪酒店，感觉有些累。

【11月30日】由陶向南博士继续讲人力资源管理专题，今天主要讲了员工招聘、培训、绩效、工资管理等等，有收获。到下午5:30结束，晚上7点考试，有两道大题，共有五道小题，三个问答题，分别是人事管理与人力资源管理的区别，绩效评估中评估人与被评估人的责任以及员工职业生活管理问题，两个案例题是关于薪酬与评估标准的制定问题。9点考完后回新世纪宾馆。

【12月1日】今日新课程由复旦大学张学本博士讲《管理沟通》专题，讲得很生动，深入浅出。

受启发构思漫画：1.没有思想的人永远长不大。2.给予，是最高的生活境界。

这几天构思论文：1.公司治理问题。2.企业资本社会化与企业治理结构问题。3.企业关系创造价值与企业风险问题。

【12月2日】继续由张学本博士为我们讲管理、沟通课程，受启发构思漫画：1.接受反面意见的限度；2.关系的习惯性。

晚上考试，考试有简答题，也有案例题，9:30 回到新世纪大酒店。

【12 月 3 日 –4 日】由澳门科技大学汤宏谅博士、行政管理学院院长为我们讲管理数量方法。汤博士出生在台湾，在美国待了 25 年。数量方法不太好学，自己的数学原来在高中、在大学学得还可以，不过这些年忘得差不多了。

3 号和 4 号全天培训，4 号晚上考试，三道计算题，9 点结束，回到新世纪酒店。

【12 月 5 日 –6 日】两天都由南京航空航天大学蔡启明教授讲战略管理，蔡教授同时兼任几家企业的独立董事，并有自己的咨询公司，学业学术做得很好。

5 日下午 2 点开始考试，考完后，谢百顺先生过来接，同河南林胜利一起到珠海九州岛港，翌日晨 5:30 到深圳蛇口港，孙立新先生派车把我们送到宝安机场。先办手续，后吃面条。7:40 登飞机，到青岛是晚上 19:30。家祯、林祥在机场接，到张店为夜里 1 点钟。

夫人去济开会，洗刷后睡去。

【12 月 7 日】早上上班，调度最近的几项工作：1. 全市国有粮食购销企业改革情况；2. 饲料公司改革问题。中午局班子成员为我接风。晚上，同面粉厂李浩等在金肥牛用餐，谈粮油商贸城建设问题。上网查找《学术论坛》和《工业经济》关于企业关系方面的有关文章。

【12 月 8 日】上午 8:30 到办公室，9 点召集局务会议，研究本月的工作。上午 11:30 到吴市长办公室汇报全市国有粮食购销企业改革以及面粉厂改革事宜。下午同孙立新、宗俊海、张店区武装部长孙立海、胡春景等许氏海参馆用餐。

【12月9日】上午8:30接待粮油工贸三名上访者，张征记录。中午班子成员在粮机厂用餐。下午刘健、自牧来，谈及《艺术中国》明年第一期事宜，后两人去淄博荣宝斋。下午上网查找有关企业关系的文章，看将来博士论文能否写这方面的题目。晚上练字，后读《公共决策》一书。

【12月10日—11日】读《公共决策》《当代科学技术》等书。校对《当代美国政治文化概论》一书。听英语，练字。

【12月12日】面粉厂三十六户为房子的两证问题上访。9点召集局长例会。同于局长向刘慧晏市长汇报全市粮食购销企业改革进展情况。

上午同郑庆华等议博山粮食执法大队成立问题。中午庆文、东升、俊海、安杰等在丽景苑为我接风。之前在金禾宾馆接待卜德兰局长及王静等，同时中午在丽景苑接待郑庆华、信凯等。晚上班子成员到桓台孔凡利处用餐。后在嘉周大酒店同安杰、南自力等用餐。

【12月13日】到书店买书如下：1.《现代劳动价值论》，刘永佶著，中国经济出版社。2.《全本周易》（上中下），李佰钦编著，万卷出版公司。3.《易经》，宋洁编，上海三联书店。晚上读《当代科学技术》。收到澳科大DBA上课通知：

0509级DBA（B班）同学：

　　兹通知台端有关1月份上课事宜，具体安排如下：

一、上课日期：1月13—16日

　　时　　间：见附件

　　科　　目：管理学

　　授课老师：刘洪教授

二、本学年学校暂不能安排校内住宿，请各同学自行安排校外住宿。

三、如不能如期来澳上课，务必向研究生院提出书面申请。

澳门科技大学研究生院

2005 年 12 月 13 日

附件：1 月份上课日程表

澳门科技大学

1 月份 0509DBA(B 班) 上课日程表

日　期	时　间	活动名称	场地	科目名称	授课教授
1月13日 (星期五)	上午09:00 - 13:00	上课	待定		
	中午13:00 - 14:00	午餐			
	下午14:00 - 18:00	上课	待定		
1月14日 (星期六)	上午09:00 - 13:00	上课	待定		
	中午13:00 - 14:00	午餐			
	下午14:00 - 18:00	上课	待定		
	晚上18:00 - 19:00	晚餐			
	晚上19:00 - 21:00	上课	待定	管理学	刘洪
1月15日 (星期日)	上午09:00 - 13:00	上课	待定		
	中午13:00 - 14:00	午餐			
	下午14:00 - 18:00	上课	待定		
	晚上18:00 - 19:00	晚餐			
	晚上19:00 - 21:00	上课	待定		
1月16日 (星期一)	上午09:00 - 13:00	上课	待定		

【12 月 14 日】 复印我过去的 80 篇散文，准备出一本散文集。

同李浩、春景、泉水、保玉用餐，分发《淄博粮食志》。

在网上订购两本关于客户关系管理的书。

读《当代科学技术》。

【12月15日】 早上去济南,上午把《当代美国政治文化概论》和《张洪兴散文选》稿子交给自牧。中午同自牧、刘健、博瀚、戴丽娜用餐。下午黄汝丰从博山来,原班人马继续用餐。

自牧赠书法两幅,绘画一幅。

中午买书如下:1.《现代经济分析方法论》,陈鹤亭、朱孔来、王吉信主编,山东地图出版社。2.《客户资本价值管理》,郑玉香著,中国经济出版社。3.《社会资本———个多角度的观点》,帕萨·达斯古普特、伊斯梅尔·撒拉格尔主编,张慧东、姚莉学译,人民大学出版社。4.《无形资产概论》,于玉林编著,复旦大学出版社。5.《有效劳动价值论的现实阐释》,朱富强著,经济科学出版社。6.《风险投资理论与方法》,安实、王健、赵泽斌著,科学出版社出版。7.《博弈论教程》,王则柯、李杰主编,人民大学出版社。买这些书的主要目的,还是看看能否有利于博士论文的写作。

【12月16日】 早上寄出版社的书号及印刷委托书,给南京炮兵学院伏健章。中午同摄影家吴新华、刘统爱、王建新、孙伟庆、曹庆文、岳经一、侯希智等用餐,赠送我的摄影集《心雨匆匆》和《当代美国经济概论》、《社会哲学新论》。下午读《漫画技法》一书。

【12月17日】 上午参加全市公务员法考试。10:30去博山,在利军处接待马广海一行。11点去第一医院看望李祖臣。中午同洪亮、洪德、钱景水、陈祯凯、王怀志在随园食府用餐。同时同马广海教授及马广海带来的8位硕士生用餐。下午休息,亿章、志庆带领马广海及其研究生继续调查。晚上在凤凰山庄继续接待马广海等,李亿章、司志荣陪同。

【12月18日】 读《当代科技概论》。准备 DBA 作业论文。

【12月19日】 上午9点召集局长例会，讨论本周工作。
调度饲料公司等企业改革事宜。练字。

【12月20日】 整理校对完《当代美国企业通论》，让祥林
送到济南自牧。读完《行政许可法》。中午同王志江、单连荣、
周茂双等在嘉周大酒店用餐。晚上练字，读《周易》。

【12月21日】 准备《营销管理》（DBA）的作业论文。
中午同吴敬福等在嘉周酒店用餐。晚上练字，读《周易》。
读《法学基础理论》。

收到同学王忠林的信（全文如下）：

洪兴老弟：

近好！

寄来的三本大作，我已凝心拜读一遍，现正放置在案头。提
笔复信，浮想万千，钦佩之心，油然而生。

《七泉村日谱》读后使人感觉又回到了在美国的日日夜夜，
七泉村的房子、马里兰大学的学术气息以及我们结下的深厚友
谊……应该说，美国之行收获很大，体会很多。不仅使我们进
一步认识了美国，了解了美国，感悟了美国，而且自己的知识结
构也得到了补充和更新。小弟在紧张的学习之余，不辞辛苦，将
在美国学习、生活期间的所见所闻，所思所感，融注笔端，编写
成书，难能可贵。我虽然对美国之行有很多感触，但苦于心笨手
拙，只写了几篇小文，相比之下，自愧不如。感谢老弟记录得
如此详细，使我们能时时重温那段难忘的岁月。老弟的《心境
如灯》，或记民俗，说人情，或言社会，谈人生，大都是自然出
手，没有多少过分营构和雕饰，读之，使人既能领略淄博及美
国的山山水水，又能给人以深邃的思想启迪和淳美的文学艺术享
受。《社会哲学新论》以深厚的理论和独到的见解提出了新的概
念、认识和观点，尤其是对劳动及价值进行了重新定义，并从质
变量变规律对劳动创造价值过程给予了论证，辨析其理，具有很

高的理论造诣。

　　以上所写，是读后的真情实感。愿老弟再接再厉，多写出一些可读、可赏、可品的佳作，以飨读者。

　　目前正值岁末年初，工作更加繁忙，既要总结今年又要谋划来年，各种检查、接待、会议应接不暇，近期不能赴淄博拜访老弟。近年来，枣庄城乡面貌同全省一样也发生很大变化，真诚邀请老弟不日来枣，观光旅游，指导工作，共叙友情。

　　新年即将来临，顺祝老弟新年快乐，万事如意！

　　此致

　　　敬礼

　　　　　　　　　　　　　　　　　　　忠林

　　　　　　　　　　　　　　　　　　2005 年 12 月

收到张永晨、李洋、王嗣忠等人的贺年片。

【12 月 22 日】上午参加全市经济工作会议。

收到于纪缘从美国发来的贺年卡。

晚上练字。读《宪法学》。

【12 月 23 日】同朱卫东商量饲料公司改革事宜。

收到南京大学图书馆寄来的收藏证书。

晚上在金禾同郑峰、赵长刚、郝永勃、刘维襄等作家、画家、摄影家在一起用餐。

【12 月 24 日】读《宪法学》、《周易》。

平安夜，晚上同卜德兰、胡景春及夫人、王立波、李健等在世纪大酒店用餐。

【12 月 25 日】上午看了一部美国的电视剧。下午 3:30 去鲁中宾馆参加市委常委扩大会议。晚上读书、练字，看《周易入门》一书。

【12月26日】上午召开局长例会，研究本周工作。中午在金禾宾馆同农发行柴洪德行长、杨行长用餐，局班子成员国先彧、于成武、孔凡利、朱卫东、袁长顺、王延珂、杨士鹏、张征、李浩等陪同。

自牧来电《当代美国企业通论》排印完毕，2006年月初可以出来。

【12月27日】调度饲料公司改革事宜。调度全市粮食购销企业改革事宜。晚上班子成员到临淄金岭镇用餐。

【12月28日】调度困难职工、老党员、退伍军人走访安排情况。

收到明信片五十张，收到孙方之散文集《柳隐集》，孙伟庆摄影集《百姓广场》及从网上订购的两本书《客户关系管理》、《客户关系管理方法论》。

【12月29日】召集市属企业负责人及中层干部会议并讲话，总结工作，部署春节前后的工作。

收到明信片三十二张。

中午同市属企业负责人及中层干部用餐。晚上同二库班子一起用餐。

【12月30日】接待中储粮山东公司肖喜堂一行，世纪大厦用餐。

收到明信片三十五张。收到北京段华的信：

洪兴老兄：

　　前几天自牧寄来一册尊著《七泉村日谱》，很是高兴。近日因左脚骨折，已在家一月有余。昨晚九点多开始读《日谱》，不觉间竟读至凌晨二时多，早上七点来钟醒来，又开始阅读，一直读完。这在近些年，我是很少这么集中精力读书了：好多书根本不堪卒读。而这本《日谱》，我却从中得到莫大的乐趣。

关于日记，古人说法多矣。但真正流传下来的，并不是很多。弟尝思之原因何在，盖因古代文字容易下狱，记录者不敢说真话，而后来者见不到其中的真情，不愿再谈，因此它就流传不下去。缺少真性情真生活的日记怕是今后也不会让人喜爱。至于藉日记之名干其余勾当，那又另当别论矣。兄之《日谱》虽琐事杂记，却是天然渠成，性情毕露故而令弟读难释手。

春节期间，扰兄甚多，一直欲与兄在京把盏大醉方休，迄今心愿未了。盼有机会京城一聚。

《日谱》惟一不满足处，是校对不细，误植之处甚多。

即祝兄安！

段华

十二月十八日晚

自牧托人捎来《张洪兴散文选》初排稿，及《当代美国政治文化概论》校对稿。

读《客户资本价值管理》一书。

【12月31日】吴明君副市长、志超、延永请流通口6部门负责人在淄博饭店用餐，庆祝新年。

晚上校对《当代美国政治文化概论》一书。读《客户资本价值管理》一书。

2006 年日记

【1月1日】 上午下午校对《当代美国政治文化概论》一书。练字，读《周易》。

【1月2日-3日】 节日休息，校对完《当代美国政治文化概论》一书。读完《客户资本价值管理》和《客户关系管理》一书。

练字、读《周易》。

【1月4日】 上午召集局长例会和局务会议，研究本周及本月工作。中午同文联宗俊海等班子成员在金肥牛用餐。

收到市委宣传部和市文联的文件［05］27号，我的《当代美国经济概论》获05年度社会科学课题研究成果展示活动一等奖。收到明信片一批二十八张。

晚上同战化水等在金禾用餐。

【1月5日】 同成武、李剑去中储粮山东分公司和省粮食局走访，见邹大民局长和肖吉堂总经理等，中午在天外村用餐，午饭后去自牧处，见自牧，把《当代美国文化通论》的书号、封面、印数定下来，下周三前取书。下午4点回张店。

收到国承新的散文与诗集《我们一起走过童年》、《风流孝妇河》和《风从故乡来》，宗俊海主编的《淄博文学艺术节获奖作品书画集》。收到明信片二十六。

晚上同张亚平、魏坤龙、金晓莉、张莉等在嘉周大酒店用餐。

【1月6日】 上午参加山东省平安山东电视电话会议。中午先去理工大学国际交流中心同马立山、刘德明、张宇海、谷红等用餐，后同省委办公厅孟兆君同学用餐。收到郝永勃新作《众树合唱》，上面有写我的散文一篇。晚上同市疾控中心胡林等用餐，先彧、李浩陪同。

【1月7日】 集中写市场学DBA作业论文《简论客户关系对企业商品价值的作用和影响》约六千余字。

【1月8日】 集中清扫卫生，准备过节。家祯从家政公司请了四人加上家祯夫妇，我们整整干了一天，晚上练字，对昨日的论文进行了修改。

【1月9日】 召集局长例会，研究本周工作。

收到明信片五十三张，10点向吴市长汇报工作并请假，准备去澳门学习。

修改DBA作业论文并交办公室打印。

【1月10日】 去市委见张建国书记汇报工作，并请假。

收到徐培栋散文集《雪域诗韵》。收到明信片三十七张。

【1月11日】 下午接待省粮食局孟庆秀副局长，陪同一起看了荣宝斋。

晚上淄博宾馆用餐，张建国书记、吴明君副市长陪同。

收到辽宁图书馆寄来的《心境如灯》等书收藏证书。

【1月12日】 上午7:30鲁中宾馆陪餐，8:30向孟局长汇报工作。9:30从张店出发，10:30到济南机场，12:05乘机到广州，到达时间为下午2:40。3:30乘大巴去珠海，5:50到拱北，驻福海大酒店。

【1月13日】 在澳门科技大学听《管理学》，由南京大学工商管理系刘洪教授主讲。

前两次都住澳门，这一次住珠海，早上晚上进出关有些紧张，但住珠海用餐要比澳门好，价格也便宜一些。

主要讲管理的功能与特征，大的公司都赢在管理上，管理就是竞争力。其中，在听课中联想到企业关系问题：1. 企业关系的生命周期；2. 关系创新；3. 企业资本社会化与法人治理结构的关系。下午讲企业战略，敏感性公司来源于对战略的敏感：1. 企业与客户的关系指数；2. 利益共同体关系。

【1月14日】 早上6点起床，洗刷后吃方便面。7点下楼到拱北海关，后打的去学校，共用半个小时。

今天讲组织理论，最有用的观点是：1. 企业是在自然中形成的；2. 评价一个人有时不是在评价本人而是在评价一个人的角色；3. 末位淘汰没有科学道理，有意识地培养几个傻瓜有时比培养几个专家更有意义；4. 企业资本社会化，促使企业的利益更加面向社会，是使企业更加注重社会责任；5. 做当时最好的事情。

企业关系：1. 行为 =f（利益）；2. 依赖关系；3. 对等关系；4. 信用关系（契约关系）5. 法律关系；6. 利用与被利用的关系。

【1月15日】 早上6点起床，吃方便面。7点下楼到拱北海关，半小时后到科技大学。今天主要讲人力资源管理学内容：1. 让员工满意、帮员工成长；2. 分工越细，工作对人的依赖越来越低；3. 未来社会是一个非营利社会；4. 知识存在与人的交往中，而不是大脑中，必须使员工有沟通的可能，知识的传递取决于是否相互信任。企业关系：牛顿物理学的惯性原理。

【1月16日】 上午在澳门科技大上课到9:30后打的往回走。10:10福海酒店结账。10:25到九州码头，10:31乘船去深圳，

11:30 到达深圳，后乘出租车到机场为 12:10，先办登机手续。下午 3 点乘机，到济南为 5:40，廷科来接。一小时后来到张店，夫人儿子也从南京回来，于局长、王廷科在金太阳安排用餐。

【1 月 17 日】 上午召集局长例会，讨论本周工作。中午同焦耐芳、马艳华等在一起用餐，晚上接待自牧等。

收到自牧捎来的《中俄军演邮票》。

【1 月 18 日】 中午同李同军、司志荣等用餐，后顺风肥牛用餐，晚上同徐培栋等第三批援藏干部在金禾宾馆用餐。

安排部署迎接组织部考核事宜。

【1 月 19 日】 去市委见侯法生副书记，并拜年。后去开发区见崔洪刚书记。

修改述职报告。

【1 月 20 日】 在办公室读《人力资本风险管理》；走访有关部门。

晚上练字，校对《张洪兴散文选》。

上午市委组织部周茂松带队来考核。下午 3:30 吴市长带队走访省粮食局、中粮储山东分公司。

晚上同尹峰、刘健、自牧一起用餐。

自牧赠给我窦有奎著《欧风美雨》一书。

【1 月 22 日 –23 日】 在家休息，读《周易》，清扫卫生。

校对《张洪兴散文选》。

收到省委党校商志晓先生短信：大作和贺年卡均收到，非常感谢，大作一定认真拜读，祝新年快乐，万事如意！

【1 月 23 日】 上午参加市反腐倡廉大会，11 点结束。11 点回到办公室，召集局长例会，研究节前工作。

到几个系统走访。

收到明信片四十八张。

【1月24日】走访有关部门。

中午同焦耐芳在金肥牛用餐。

读《人力资源风险管理》。

韩青先生来，捎来其新作《触摸岁月》。

收到澳科大 DBA 上课通知：

致 0509 级 DBA 同学：

兹通知台端有关 3 月份上课事宜，具体安排如下：

上课日期： 3 月 3 日-6 日

时 间： 见附件

科 目： 国际企业专题

授课老师： 李清潭教授

如不能如期来澳上课，务必向研究生院提出书面申请。

澳门科技大学研究生院

2006 年 1 月 24 日

附件：3 月份上课日程表

澳门科技大学
3 月份 0509 级 DBA 上课日程表

日期	时间	活动名称	场地	科目名称	授课教授
3月3日(星期五)	上午 09:00-13:00	上课	H517室	国际企业专题	李清潭
	中午 13:00-14:00	午餐			
	下午 14:00-18:00	上课	H517室		
	晚上 18:00-19:00	晚餐			
	晚上 19:00-21:00	讲座	H517室	国际商务礼仪	陈铁群

3月4日 (星期六)	上午 09:00-13:00	上课	H517室	国际企业 专题	李清潭
	中午 13:00-14:00	午餐			
	下午 14:00-18:00	上课	H517室		
	晚上 18:00-19:00	晚餐			
	晚上 19:00-21:00	上课	H517室		
3月5日 (星期日)	上午 09:00-11:00	论文辅导	H517室	论文辅导	童隆俊
	上午 11:00-13:00	上课	H517室	国际企业 专题	李清潭
	中午 13:00-14:00	午餐			
	下午 14:00-18:00	上课	H517室		
3月6日 (星期一)	上午 09:00-13:00	上课	H517室		

【1月25日】读《人力资源风险管理》。走访有关部门。

晚上局机关新年酒会，先致辞，后用餐。

收到贺年卡二十五张。

【1月26日】走访有关部门。

读《人力资源风险管理》。

参加市委市政府新年茶话会，刘慧晏市长主持、张建国致辞。

【1月27日】走访有关部门。

读《人力资源风险管理》一书。

收到贺年卡二十张。

【1月28日】上午在办公室上网，读《人力资源风险管理》一书，11点回家。下午清扫卫生，晚上看春节联欢晚会节目。今年的节目总体感觉可以，但精品太少，春节联欢晚会没有力度大的新人新作，没有太明显的主题，需要照顾的东西太多，难有出彩表现。

【1月29日】看电视。短信拜年几百条。

于局长、王廷科、洪春等来拜年。

练字。校对《张洪兴散文选》。整理 13 至 16 号在澳门科技大学学习时的有关笔记，构思有关论文作业。看《大染坊》。

【1月30日】早上起得较晚，10 点夫人开车拉着我和儿子去博山看望岳母。走到淄川，飘起雪花，到白塔雪大起来，11:15 到博山。雪下个不停。同岳母等雪后赶往张店。雪边下边化，总有些化不了的，因而路上并不好走，15:40 回家。晚上看《大染坊》。整理《张洪兴散文选》。

【1月31日】整理《张洪兴散文选》。

下午开始写长篇小说《潮起潮落》，得三千余字。这是我的第一部长篇小说，想法是：小说的基调要体现明快、幻想、细致形象等特点，争取用 20 周完成初稿。每周写一万五千字，上半年写完。这过程中还要完成书评两篇，DBA 作业论文两篇，时间看来太紧，同时要编辑出版《当代美国政治文化概论》、《张洪兴散文选》，校对任务是重的。

【2月1日】今天写长篇小说约六千余字。

【2月2日】上午练字，整理《张洪兴散文选》。

上午 10:30 去博山，11:10 到博山，先到博山房子里拿几本书，11:40 到凤凰山庄。中午西国书记、树民区长宴请博山老班子成员，乃翠、许磊、孙昆华、昆峰、子森、继玲等参加。下午 2:30 赶回张店。晚上练字，看《京华烟云》。

【2月3日】上午 10 点写长篇小说，约三千余字。下午练字。

【2月4日】写长篇小说六千余字。

收到北京于晓明的春联拜年：常笑生出常乐、新春带来新福。

收到律师由春平先生的读《心雨匆匆》有感：

> 绿色瀑布的"牵手"
> 心灵之间的"吸引"
> 双桨荡起的"脸谱"
> 无限风光的"晨梦"

【2月5日】春节后第一天上班，同事们相互拜年。10点召集局长例会，研究本周工作。中午同各局长一起用餐。

【2月6日】上午9点召集局务会议，研究本月会议。晚上同孙立新等一起用餐。看《客户价值评价建模》一书。

【2月7日】同市作协几个副主席议论有关工作。
中午同孙立新、国先或去高青看望徐培栋。
中午蒲绪章、杨洪涛、张洪范等陪同用餐。

【2月8日】中储粮山东分公司会议在淄博饭店报到。
吴市长等陪肖喜堂、张翠玉、何建平等用餐。

【2月9日】上午会议开始。
中午刘慧晏市长请肖喜堂等用餐。下午到博山参加"博山中国泵业名城"揭牌、《俺爹俺娘》开拍仪式。

【2月10日】中午陪肖喜堂用餐。晚上陪邹大民书记用餐，国局长、于局长、继春、新华陪同。

收到李怀斌老师的信：
邮来的大作收到，谢谢，祝新的一年健康、幸福、万事如意！

【2月11日】昨日喝酒有些多，今日头有些晕。练字。构思澳科大 DBA 的管理学作业论文。

【2月12日】早上练字。上午、下午、晚上共写长篇小说

六千字。

【2月13日】周一上午先召集局长例会，研究本周工作。
晚上同先彧、春景等在丽景苑用餐。

【2月14日】中午同王兴辉、张子礼、王光胜等在山东理
工大国际交流中心用餐。同时同李皓等用餐。

【2月15日】人代会开幕，上午鲁中宾馆参加大会。中午
同孙立新、宗俊海等用餐。晚上看《梦回青河》。

【2月16日】中午同孙立新等在淄博宾馆用餐。晚上写长
篇小说两千字。

【2月17日】上午7:30同夫人去南京送儿子上学。下午3
点到达。晚上在圣泉洗浴用餐。晚上看《梦回青河》。

一路上看完日本大作家川端康成小说《伊豆的舞女》和
《雪国》。

【2月18日】上午10点同夫人送儿子到炮院，伏政委大门
迎接。见王队长，后在伏政委办公室谈下步写作事宜及书画收藏
问题。

上午10:30离开南京。路上看川端康成小说《古都》。下午
4:45回到家。晚上看《梦回青河》，后写长篇小说一千五百字。

【2月19日】上午写长篇小说二千字。中午参加赵有梅之
子婚宴。下午2:30参加全市对外开放暨招商引资大会。4:30参
加全市领导干部会议。省组织部对市级班子进行年度考核。晚上
写长篇小说二千字。

【2月20日】周一，召集局长例会，研究本周工作。
下午四点到济南，利军赶到，先看丁西滨的房子。晚上同

丁西滨用餐。

【2月21日】组织到区县进行粮食工作考核和调查。

撰写 DBA 管理学作业《当代美国企业管理的主要内容及借鉴意义》七千字。

【2月22日】写长篇小说一天,共写七千余字。

【2月23日】上午赵炎打印好我的 DBA 作业论文。下午,同先或议科室人员调整事宜。

【2月24日】校对《当代美国政治文化概论》最后一小部分,定稿。中午同曹庆文、李志宝、张东升用餐。下午看英语光盘。晚上写长篇小说一千五百字。

【2月25日】上午写长篇小说一千五百字。中午参加聂绍校女儿婚宴,后去淄博宾馆用餐。省旅游局于风贵来开会,常传喜、李庆国安排,同时见到刘德龙、叶涛等。

【2月26日】全天写长篇小说八千余字。

到目前为止,初步完成了2月份长篇小说写作任务,大约五万多字,再修改就可能到六万多字了。主要体会是:先写出来再说,写是最重要的。

【2月27日】召集局长例会,研究本周工作。
为去澳门 DBA 学习作准备。练字。

【2月28日】下雪,参加好友卫忠遗体告别仪式。

撰写的《当代美国企业管理的主要内容及借鉴意义》赵炎已打印好,作为 DBA 的作业论文比较满意。

家祯订好去澳门的机票。

【3月1日】调度粮食购销企业改革的有关情况。练字。

【3月2日】 上午先到办公室。9:30 去济南机场。中午 12:05 的飞机去广州，下午 2:50 到广州，后乘 3:35 的大巴去珠海，6 点到珠海拱北友谊大酒店。路上看长篇小说《大铁像》。

【3月3日】 早上 6:30 起床，7:20 到拱北海关，半小时过关，8:15 到科技大。先交上上次课程的作业论文。

这次的课是《国际企业》专题，为台湾中山大学李清潭讲授。李教授讲得很好，很守时。晚上 7 点讲完，回到拱北友谊宾馆时间为 9 点。晚上看长篇小说《大铁像》。

【3月4日】 早上 6:30 起床，7:30 到拱北，8:30 到学校。

昨日李老师讲了国际企业环境，今日讲国际企业文化管理。李老师讲课很有意思，每天要讨论几次，算是加深印象，不过像我们这个年纪，更重要的还是想多接受点新观念新思想，讨论并不重要。

晚上 7 点下课，回宾馆时为 8:30。

【3月5日】 上午童隆俊教授讲博士论文写作专题。下午李清潭教授继续讲国际企业专题，讲国际企业的全球化战略专题。下午 6 点结束，因为周末，过海关的人很多。7:50 回到宾馆。

看长篇小说《大铁像》。

【3月6日】 早上 6:30 吃饭，7:20 到拱北海关。8:30 过关，打的到科技大学。课后 11 点从码头乘船到深圳，后打的到机场。下午 3 点乘飞机，5:40 到济南机场，夫人、家祯、林祥去济南接。

从深圳买书如下：1.《中国书法 167 个字练习》，邱振中著，人民大学出版社。2.《神居何所》，邱振中著，人民大学出版社。3.《书写与关照》，邱振中著，人民大学出版社。4.《失乐园》，渡边淳一著，文化艺术出版社。5.《小文章大道理》，李莉主编，光明日报出版社。6.《动物与植物之谜》，京华出版社。7.《人类之谜》，京华出版社。

【3月7日】上午 7:10 出发，8:20 到达良友福临宾馆，参加全省粮食工作会议。上午孟庄秀副局长主持，并发言，后邹大民局长讲话。下午邹大民局长主持、张照福副省长讲话。晚上张省长宴请省局长及各市局局长。

中午先后去东方图书公司和泉城路书屋买书如下：1.《周易》（文白对照本），立强编译，宗教文化出版社；2.《制度论》，辛鸣著，人民出版社；3.《营销风险及规避策略》，张永强等编著，中国经济出版社；4.《宗教社会学》，孙尚扬著，北京大学出版社；5.《个人交往主体性研究》，龙柏林著，广东人民出版社；6.《风险管理概论》，刘钧著，中国金融出版社；7.《问题的哲学研究》，张掌然著，人民出版社；8.《马克思劳动价值理论与当代现实》，丁堡骏著，经济科学出版社；9.《神会马克思》，张一兵、蒙木桂著，人民大学出版社；10.《辩证法的生存论基础》，贺来著，人民大学出版社；11.《后主体性哲学的视野》，王南湜、谢永康著，人民出版社；12.《美国企业史》，张隆高等编著，东北财大出版社；13.《周易与古代经济》，牛占珩著，巴蜀书社出版；14.《并购企业知识资本：协同理论研究》，郭俊华著，华东师大出版社。这些书主要有四类：一类是与我 DBA 的学习有关系；二是哲学书，与我近期哲学书写作有关系；三是文学书，与我要写的几个长篇小说有关系；四是周易的书。

【3月8日】上午去慈善总会信凯处，中午同王兹水、常跃之、郑建业、信凯在锦绣用餐。晚上先在博苑同郑峰、曹庆文、郝永勃、刘维寰、苏星等用餐，后到金禾宾馆同局里去海南过三八节回来的女干部用餐。信凯赠书法一幅。

【3月9日】 中午在北洋火锅城同金晓莉、张莉、魏坤龙等用餐。晚上看小说《失乐园》。

【3月10日】 早上练字。上午读《风险管理概论》。下午列出长篇小说第五章大纲，后到办公室改完《当代美国社会共识及借鉴意义》，文中对社会共识的定义做了概括，准备写《社会共识论》一书。晚上写长篇小说二千字。

看长篇小说《子夜》。

下午去新华书店买书：1.《速读中国当代文学大师与名家丛书·茅盾卷》张宏编著，蓝天出版社出版；2.《茅盾精选集》北京燕山出版社；3.《子夜》人民文学出版社；4.《译林》2/06。

读完工业题材小说《大铁像》后，想再看一遍《子夜》，比较一下。

【3月11日】 练字。写长篇小说八千余字。读《译林》的三个短篇小说，分别是《面试》、《拨打000》和《在电话亭》。

【3月12日】 练字。写长篇小说九千余字。读《译林》中的小说《雨停了》。读《失乐园》、《周易》和《社会哲学》。

写长篇小说同平时的写作社科著作一样，形成了一种写写停停的习惯，只有硬写出来才行。看来，写是硬道理。

【3月13日】 早上召集局长例会。后向吴市长汇报有关工作。晚上看电视《汉武大帝》。

【3月14日】 调度粮食购销企业改革验收问题。

调度粮油工贸公司职工宿舍及连片区开发遇到的问题，委托于局去协调。

看电视《汉武大帝》。

【3月15日】 上午召集本局机关先进性教育督导组及下属

单位主要负责人部署先进性教育满意度测评事宜。中午同孙家财、孙继航、刘志庆等用餐。晚上在维茂处用餐，家财、立军在陪。

　　回家后看《汉武大帝》。

　　【3月16日】 修改完《论生活力与生活关系》的论文，并打印。

　　同时修改《论生活方式的构成与特点》的论文。

　　网上新购两本书。

　　晚上练字。看《汉武大帝》。

　　【3月17日】 委托赵炎把《论生活力与生活关系》一文寄给山东省委党校《理论学刊》的杨亚利先生。

　　中午同卜德兰局长等用餐。晚上写长篇小说二千余字。

　　【3月18日】 上午写长篇小说三千余字。下午参加市委先进性教育工作会。回来后写长篇小说一千五百字。晚上写长篇小说二千五百字。

　　【3月19日】 上午写长篇小说二千五百字。

　　早上散步，后练字。下午写长篇小说二千五百字，已经写完第五章。晚上列出第六章、第七章大纲，估计如果顺利，四月底至五月初可出初稿。

　　看《汉武大帝》。

　　【3月20日】 上午召集局长例会，研究本周工作。中午同永勃、维寰、刘虎、韩青等用餐，收到永勃捎来的散文集《新作品》。

　　【3月21日】 整理论文《论生活方式的本质、特征和优化》。

上午进行先进性教育满意度测评。晚上写长篇小说二千余字。

【3月22日】中午同庆文、培玉等用餐。下午去济南，晚上同王西军等用餐。

从自牧处取回《张洪兴散文选》和《当代美国政治文学概论》，进行最后校对。

【3月23日】填写登记表，上报我的《社会哲学新论》到省社联，参加省社联社科成果奖评比。

中午在知味斋同卜德兰局长等用餐。

委托永勃给我校对一遍《张洪兴散文选》。

【3月24日】召集全市粮食工作会议，并讲话。

晚报发表韩青对我散文的评论《读张洪兴散文》。

收到《世界当代顶级漫画巡礼》。

【3月25日】张永晨的雅趣斋开业，去博山参观并祝贺。

【3月26日】上午练字。

昨日的酒还有感觉，故下午写长篇小说，得二千余字。

看《失乐园》。

【3月27日】上午参加全市科技大会。下去参加全市农业工作会议。晚上同王兴辉、张文泉等接待临朐钟书记。

【3月28日】读《周易》。校对完《论生活方式的本质、特征及优化》一文。晚上同宗俊海、曹庆文在一起用餐。

【3月29日】召集党委会议研究几个科室的调整问题，先推荐后研究人选。安排接待咸阳市粮食局来考察的同志。练字。

【3月30日】校对《当代美国政治文化概论》完毕。

给博山翟乃翠副书记打电话，安排市作协桃花节笔会事宜。

晚上在鲁中宾馆同曹庆文、孙家友等接待济南尹峰先生。

【3月31日】读《周易》、《社会资本》。

晚上接待咸阳市粮食局33人来淄考察，刘辉局长带队。

【4月1日】上午同咸阳市粮食局人士座谈，并结为友好市局。后国局长、袁书记陪同去淄川蒲松龄参观。下午、晚上写长篇小说六千多字。练字，读《周易》。

【4月2日】早上散步，回来后练字。上午、下午、晚上写长篇小说，得七千多字。

【4月3日】上午先召集局长例会。后召集局务会议，研究本月工作。晚上练字，读《周易》。

【4月4日】上午同新华去济南，见赵新喜先生，中午在桃花源酒店用餐，刘健、博瀚赶到。晚上同王西军、姜克检在新闻大厦用餐。喝得有点多。

下午买十几本书：1.《社会资本与社会和谐》，卜长莉著，社会科学文献出版社。2.《现代劳动价值论》，刘永佶著，中国经济出版社。3.《宗教概论》，段德智著，人民出版社。4.《哲学概论》，童鹰著，人民出版社。5.《人性·社会·心灵》，王家忠著，山东人民出版社。6.《科学哲学》，周林东著，复旦大学出版社。7.《自然哲学》，陈其荣著，复旦大学出版社。8.《历史哲学》，庄国雄、马拥军、孙承叔著，复旦大学出版社。9.《人生哲学》，陈法根、汪堂家著，复旦大学出版社。10.《道德哲学》，高国希著，复旦大学出版社。11.《心理哲学》，朱宝荣著，复旦大学出版社。12.《人力资本产权制论分析》，石婷婷著，中国经济出版社出版。13.《制度创新与国家成长》，林尚立著，天津人民出版社。14《府际关系论》，杨宏山著，中国社会科学出版社。15.《社群主义》，俞可平著，中国社会科学出版社。

【4月5日】研究对下属企业班子考核问题。

中午同宗俊海等用餐。

同刘持太、孙永绥、曹继明、魏要等用餐。

晚上练字、读《周易》。

【4月6日】上午在桓台主持全市粮食产业化发展座谈会并讲话。中午吕永前、王可杰、蒲先农陪同用餐。

【4月7日】上午同国局长研究下属企业班子问题。欢迎新疆粮食局副局长王喜军，中午局班了为王喜军局长接风。下午2点参加全市审计工作会议。读《制度论》。

【4月8日】写长篇小说五千字。读《周易》和《制度论》。

这部长篇小说写到这里往下觉得比较难写，但无论如何还是写完再记。

【4月9日】练字、读《周易》。写长篇小说六千多字。

读完《制度论》。

【4月10日】召集局长例会，研究本周工作。召集局党委会、研究几个下属单位班子人选。晚上写长篇小说两千多字。

【4月11日】召集党委会议，研究下属单位班子人选。同王延科、李浩、薛蕊等在一起用餐。练字。

【4月12日】召集党委会议，决定几名下属单位班子缺职人选。

中午同宗俊海等在金肥牛用餐。下午同部分干部谈话。晚上写长篇小说两千多字。

收到澳科大梁静敏老师发来的 DBA 上课通知：

文件编号：MUST/06/0141/SGS-O

致 0509 级 DBA（B 班）同学：

兹通知台端有关 5 月份上课事宜，具体安排如下：

上课日期： 5 月 12-15 日

时　　间： 见附件

科　　目： 经济比较专题

授课老师： 叶德磊教授

如不能如期来澳上课，务必向研究生院提出书面申请。

澳门科技大学研究生院

2006 年 4 月 12 日

附件：5 月份上课日程表

澳门科技大学

5 月份 DBA（B 班）上课日程表

日期	时间	活动名称	场地	科目名称	授课教授
5月12日 （星期五）	上午 09:00–13:00	上课	I座201室	经济比较 专题	
	中午 13:00–14:00	午餐			
	下午 14:00–18:00	上课	I座201室		
	晚上 18:00–19:00	晚餐			
	晚上 19:00–21:00	上课	I座201室		
5月13日 （星期六）	上午 09:00–13:00	上课	I座201室		叶德磊
	中午 13:00–14:00	午餐			
	下午 14:00–18:00	上课	I座201室		
	晚上 18:00–19:00	晚餐			
	晚上 19:00–21:00	上课	I座201室		
5月14日 （星期日）	上午 09:00–12:00	上课	I座201室		
	中午 12:00–14:00	午餐			
	下午 14:00–18:00	上课	I座201室		
5月15日 （星期一）	上午 09:00–13:00	上课	I座201室		

【4月13日】同机关调整的人员谈话。

写长篇小说二千五百字。

读《社会资本与社会和谐》一书。

【4月14日】机关人员警示教育，先听鲁中监狱服刑人员演讲，后到博山增福山看桃花，中午在鑫泰园用餐。

晚上读《社会资本与社会和谐》。

【4月15日】早上练字。上午写长篇小说2500字。中午班子成员同邹大民局长、李伟主任用餐。下午4点同彦永赶到青州宾馆，同山大同学姜克俭、刘玲、刘洁、张友谊、段彬、侯林山、杨景亮、魏守祥、权万年用餐。晚9点返回。

【4月16日】早上7点到办公楼，后去博山参加市作协海岱杯网络文学征文颁奖及桃花笔会。8点市作协王金玲、杨克和、张安杰、刘敬明、巩武威、邓德乐等70多人到石马塔山武校集会，中午翟乃翠陪同。

上午看桃花，克新陪同，下午举行颁奖仪式。下午4点回到张店。晚上看完《社会资本与社会和谐》。

对社会资本的研究，要多看几本书，澳科大DBA论文可以写《企业社会资本投资风险研究》，目前还未见到这样的论文及书籍。

【4月17日】召集局长例会，研究本周工作。

中午同孙涛、金晓莉等在许氏海参馆用餐。下午去新华书店，想购一些案例方面的书，买以下书：1.《系统的哲学》，金观涛著，新华出版社。2.《信任、契约及基规制》，张缨著，经济管理出版社。3.《企业核心竞争力经典案例》，包晓闻、刘昆山编著，经济管理出版社。4.《并购谁》，张金鑫著，中国经济出版社。

收到《大行如虹》（邓德乐主编）和李琦胜曲艺小说选。

写长篇小说二千五百字。

【4月18日】 去济南自牧处，把校对好的散文选书稿给自牧。

捎回二包印好的《当代美国企业通论》。

中午在小吃城用餐，自牧、王兆山、刘健参加。

练字、读《周易》。

【4月19日】 读《社会资本》一书。

晚上写长篇小说二千字。读《周易》。

【4月20日】 练字。读《社会资本》一书。

搜集材料，做DBA作业论文。

晚上写长篇小说二千字。

【4月21日】 练字。读《社会资本》一书。

下午4点到博山接待省作协王兆山副主席、《山东文学》副主编许晨、大众日报社文艺部刘君及允瑞虎、《时代文学》副主编房义经、作家自牧等，博山宣传部韩克新、乔华等陪同。

【4月22日】 早上先参观文姜庙，后登鲁山。下午3:10返回原山旅游宾馆。晚上9点回到张店。

【4月23日】 中午去周村陪王兆山一行，中午传斗、国经、家玉、乔华、方之等陪同。

饭后参观王村西铺蒲松龄书馆。

收到孙方之书《西铺》。

【4月24日】 上午召集局长例会，研究本周工作。

练字。写长篇小说两千多字。

【4月25日】早上查体，到10点查完。

练字。准备DBA论文作业。晚上写长篇小说二千余字。

【4月26日】查体结果出来，同去年的结果差不多，甘油三酯高一些，其他正常，要多加注意。

【4月27日】练字。

构思DBA作业题目为《海尔等企业国际化的思考》，通过海尔、联想和中海油国际化的进程看企业国际化的路径问题。

省宣传部王西军来，同贡平、王洪东陪其在金太阳用餐。

【4月28日】练字。整理去石马看桃花及王兆山、自牧等来淄博时的照片。整理庆祝省粮食局建局五十周年的照片。撰写昨日构思的DBA作业文章。网上订书十几本，大多是关于社会资本的。晚上参加张保庭婚宴，王兴辉、卜德兰等参加。

【4月29日】网上寻找关于社会资本、社会网络、社会关系及代际伦理的文献资料，一方面DBA论文想写：1.企业社会资本投资风险问题；2.企业社会资本与企业创新路径研究。

下午4:30同机关人员去路边欢迎江泽民总书记来淄博视察。到下午5:30江泽民总书记车队经过道路路边，路边人员有的打着"江总书记您好"的牌子，有的喊着"总书记您好"，不断地招着手，江总书记从车窗向行人挥手致意。晚上和胡春景、国先彧同从美国回来的袁桂芝女士在淄博饭店用餐。

【4月30日】早上练字。仍是网上搜集资料，搜集到十二部书。有几部属于社会资本方面的书。晚上写长篇小说三千多字。

【5月1日】凌晨3点接儿子，3:30回到家。早上练字。下午晚上写长篇小说五千余字。

【5月2日】 早上练字。下午晚上写长篇小说五千余字。

【5月3日】 早上7:30和夫人同李浩及夫人去游五莲山，下午8点赶回张店，在江南濠景用餐。

【5月4日】 上午下午写长篇小说五千余字。晚上同泉水、家祯在许氏海参馆用餐。晚上看《信任、契约及规制》一书。

【5月5日】 练字。写长篇小说二千余字。

【5月6日】 练字。写长篇小说四千余字，我的第一部长篇小说《潮起潮落》初稿完成。

第一次写一个长篇小说，几点体会：一是首要的要写出来，有时写作进展较慢，但一定要写下去。二是好小说重要的是思想性，没有思想性的小说不是好小说，一个作家的思想多深作品就有多深，不过是有的作家是自觉的，有的是不自觉的达到某种程度。思想是灵魂，艺术是肉体。三是小说的人物也是越来越明朗的，写完了还可以完善。中午同胡春景、王开光等在嘉周大酒店用餐。

【5月7日】 中午参加高云龙之女婚宴。同王兴辉、高昆、王庆禄、李本平、杜振波、周成国等用餐。晚上读《系统辩证学》。

【5月8日】 早上练字。

上午召集局长例会，议本周工作和本月的工作。下午向吴市长汇报近期的有关工作。

收到网上订书：《消费资本化理论及应用》，陈瑜著，广西科技出版社。《企业并购的有效性研究》，邱明著，中国人民大学出版社。《理性哲学导论》，唐代兴著，北大出版社。《有约束力的关系》，尹继佑、乔治·恩结勤主编，上海社会科学出版社。《服务经济论》，郑吉昌著，中国商务出版社。

【5月9日】上午准备 DBA 的作业论文。中午去龙岗参加六级四班之三十年举办同学聚会。见高中同学陈福山、吴纪明、马玉会、王庆法、安树聚等，见尹长胜、吕浩等老师，同学们有的已三十年没见过面了，大家都很兴奋。下午返回。

【5月10日】练字。

上次上课的 DBA 作业论文已准备好，题目为《海尔等企业国际化的思考》，五千字。

为写作《旅游伦理学》作准备，从中国图书网上买的书收到：《社会变革与代际关系研究》，王树新著，首都经济贸易大学出版社。《医学理论学教程》，杜金香、王晓燕主编，科学出版社。《环境伦理学》，余洪昌、王耀先主编，高等教育出版社。

准备去澳门的一些资料。

【5月11日】上午 6:40 从家里出发，家祯、林祥送我到机场。9 点乘飞机，到广州为 11:30。在机场买书和杂志：《兄弟》和《活着》两部书，买杂志《译林》6/2005。过去没有读过余华的作品，今日买来看看。《译林》上有一部《恐惧状态》的科幻小说，想看看外国人怎样写这类小说。12 点乘大巴到珠海，在飞机和大巴上看《小说选刊》5/2006 期的中篇小说《母亲和我们》。到珠海后住友谊宾馆。开始看美国迈克尔·克莱顿的小说《恐惧状态》。后吃蒸包一笼。晚上买方便面两包和三瓶矿泉水。晚上继续看《恐惧状态》。

由于珠江倒灌，珠海的水咸，嗓子直冒烟，好难受。

【5月12日】早上 8:30 到澳科大，交上上次的作业论文。

这次 DBA 学习的专题是《经济比较》，由华东师大叶德磊教授主讲。今天讲企业人力资本理论，有收获。

晚上 7:30 回到珠海，同同学郭世亮、林胜利一起用餐，后到书城买书，这里的书比较全，看了一个多小时就回宾馆。

继续看《恐惧状态》。

【5月13日】早上6点起床，泡方便面。7:20去海关，8点到澳门这边，到科技大时为8:20。

今天叶老师讲博弈论与信息不对称，这方面过去接触得少，总觉博弈论很难，今天叶老师讲得深入浅出，很有收获。

晚上回到珠海去书城买书如下：1.《资本企业制度论》，毛振华著，商务印书馆。2.《现代企业诚信：理论与实证研究》，潘东旭、周德祥著，经济管理出版社出版。3.《消费文化》，杨魁、董雅丽著，广东人民出版社。4.《从制度经济学看哲学与经济学之互动》，彭学农著，上海大学出版社。5.《博弈、协调与社会发展》，朱吉强著，广东人民出版社。

晚上读《消费文化》一书，又读《资本化企业制度论》。

泡方便面一包。

今天吃饭前已定好15日的返程票。

【5月14日】今天老师主讲信息经济学问题，有收获。

还是晚上7:30回到珠海，吃方便面一包。写短篇小说《面试》，有五千余字，到10:30结束。后洗澡，又读《企业资本化制度论》一书，有收获。

【5月15日】早上5点起床，先烧水泡方便面，后冲澡。7点来到海关，8点到澳门这边，8:20到校。

今天主要讲金融生态圈问题，有收获。

12点来到深圳，先吃一碗面条，碰上于剑峰同学。14点进入候机室，15点飞机起飞，路上看《恐惧状态》，感觉很累，一方面太紧张，吃不好；另一方面这几天的水太咸，嗓子总冒烟，第二天嗓子就开始哑了。17:30 到济南，家祯来接。18:30 到家，后同夫人到许氏海参馆，国局长在此等候，晚上喝二两宁夏红，吃了几个水饺，回到家。

【5 月 16 日】早上上班，调度本月工作。

收到两本从网上订购的图书：

1.《社会资本与技术创新》，2.《大企业利益相关者问题研究》。

晚上丁西滨来看袁桂芝，同国局长、春景等陪同他在淄博饭店香港厅用餐。

【5 月 17 日】就粮食产业化问题同孔局长、张征交谈。

晚上同王志江、单连荣、干化虎在齐林大酒店用餐。

【5 月 18 日】做数理方法课程的作业，从网上订三本书。

中午同卜德兰局长、王静等在世纪大厦用餐，国局长、春景、王丽波等参加。

【5 月 19 日】接待吴荣章，收到他送的赵剑的牡丹图，后在快餐店用餐。

赵炎打出我在珠海写的小说《面试》。

自牧来电，《当代美国政治文化概论》已印好。

10:30 同陈传玉、魏坤龙等去高青，看望蒲绪章、徐培栋等。

晚上看《社会资本与技术创新》一书。

大众日报副刊发表我的散文《鲁山听涛》。

【5 月 20 日】读完《社会资本与技术创新》一书。

开始读《大企业利益相关者问题研究》一书。

【5 月 21 日】读完《大企业利益相关者问题研究》一书。读完《消费资本论》。泛读《人力资本论》。

列《企业社会资本投资风险与规避研究》一文的提纲：1. 定义及分类。2. 研究及创新和研究方法。3. 社会资本投资决策风险及规避。4. 社会资本生产投资、再生产投资、匹配投资、创新投资风险及规避。5. 社会资本化结构纬度投资风险及规避（信任、规范、契约、制度等）。6. 代理社会资本投资风险及规避。7. 纵向社会资本投资风险及规避。8. 横向社会资本投资风险及规避。9. 内部社会资本投资风险及规避。10. 专用投资风险及规避。

若有可能，可作为 DBA 论文来做，同时构思《生活哲学通论》一书和《广义消费资本与企业性质》的论文。

【5月22日】召集局长例会，研究本周工作。

读《软财务》一书。

去济南，中午同自牧、刘健、侯博瀚、禚培志用餐，捎回我的新书《当代美国政治文化概论》。

【5月23日】研究迎接省检查组检查验收国有粮食企业改革的材料。

读《软财务》一书。

【5月24日】修改粮食产业化的意见。

读完《软财务》一书。

又读《网络、社会资本、集群生命周期研究》一书。

【5月25日】召集局长例会，研究本周工作。

调度近期稳定工作。

【5月26日】读完《网络、社会资本、集群生命周期研究》一书。

构思近期要写的两篇论文。

收到济南徐明祥先生对我的摄影集《心雨匆匆》的评论文

章《八面出击心不怯》。

【5月27日】写《企业社会资本投资风险与规避研究》得六千字。

家祯替我去济开全省第二十次社科成果表彰会。

我的《社会哲学新论》获省优秀社科成果三等奖。

【5月28日】早上7:10去济参加山东省粮食局建局65周年庆祝大会，下午3点返回淄博。晚上散步，后看《西游记》。

【5月29日】上午召集局长例会，议本周工作。中午同延科、凡利、李浩、李健等在恩来顺用餐。晚上看《西游记》。

【5月30】上午10:30，市委组织部王淑云、范新刚、路玉田来局里推荐干部。下午读《大企业利益相关者问题研究》。晚上看《西游记》。

【5月31日】继续读《大企业利益相关者问题研究》。

晚上写《企业社会资本投资风险与规避研究》一文，一万五千字。

【6月1日】上午去东佳集团孙家财处，中午见孙家财、陈维茂、房利军，中午在淋漓湖用餐。晚上继续写《企业社会资本投资风险与规避研究》一文，到9点写完。

【6月2日】上午同于局长研究粮食购销企业改革验收的问题。中午同韩已海、张爱军等在许氏海参馆用餐。晚上写《社会资本与企业技术创新论要》一文，有一千五百字。

【6月3日】上午写完《社会资本与企业技术创新》一文，共有五千余字。下午和晚上写《广义消费资本与企业性质》，得五千字。

【6月4日】 上午写完《广义消费资本与企业性质》一文，又得四千字左右。下午准备写《社会资本与新农村建设研究》一书，准备写八章，每周一章，18万字至20万字之间，争取在8月中旬前拿出初稿。

【6月5日】 上午召集局长例会和6月份局务会议，研究本周工作和本月工作。晚上修改《广义消费资本与企业性质》一文。

【6月6日】 从卓越网订十几本关于新农村建设方面的书。

读《关系、社会资本与社会转型》和《关系共同体》两本书。修改《广义消费资本与企业性质》一文。

中午同袁桂芝、袁长青、王家祯一起用餐。

【6月7日】 上午去商厦买52吋松下电视。中午同鹿林、卜德兰、于秀栋、吴新华一起用餐。

【6月8日】 中午同崔维琳、张子孔、尹玉吉、吴新华等用餐，请玉吉把《广义消费资本与企业性质》一文放在《山东理工大学报》上。下午组织部考察了成武和杨士鹏。晚上接待天津市粮食局一行来参观，志超陪同。

【6月9日】 早上7点出发到日照，同袁桂芝、袁洪涛一起看五莲县长王勇，收到王勇的书《二十一世纪义化前瞻》。饭后去济，先买《农业可持续发展概论》等，关于农业方面的书6本，买美学方面的书3本。准备写一部美学专著。

先把袁桂芝父亲袁长青的自选诗稿集给自牧。后到庄户城用餐，自牧、刘健、博瀚、明祥等一起用餐，刘健给袁桂芝作书法作品三幅，博瀚作画两幅。

晚上9点回到张店。

【6月10日–11日】 全天写书《社会资本与新农村建设研

究》，两天共写三万余字，进展较快。

【6月12日】 上午参加全市落实党风廉政建设责任制报告会。后回到办公室召集局长例会。中午同夫人一起为袁桂芝回美送行，春景、家祯参加。晚上写作《社会资本与新农村建设研究》。

【6月13日】 读《代际伦理之维》一本书。准备迎接省里来检查验收国有粮食购销企业改革的材料。

晚上写作《社会资本与新农村建设研究》。

【6月14日】 省政府国有粮食购销改革验收小组于国安等来淄博。10点到世纪大厦。

下午在世纪大厦听志超汇报情况。吴明君副市长、郭利民局长陪同。卜局长、于局长同陪。

考核组下午到张店、桓台验收。

晚上在知味斋用餐。

收到七月份澳科大 DBA 上课通知及课程表：

文件编号：MUST/06/0342/SGS-O

致 0509 级 DBA（B 班）同学：

兹通知台端有关 7 月份上课事宜，具体安排如下：

上课日期： 7 月 14 — 17 日

时　　间： 见附件

科　　目： 信息系统专题

授课老师： 汤宏谅教授

如不能如期来澳上课，务必向研究生院提出书面申请。

在此提醒各位同学，来澳上课时请记得带回上次发给各位这一门课的讲义。

澳门科技大学研究生院

2006 年 6 月 14 日

澳门科技大学
7 月份 DBA 上课日程表

日期	时间	活动名称	场地	科目名称	授课教授
7月14日 (星期五)	上午 09:00–13:00	上课	B303室	信息系统 专题	汤宏谅 教授
	中午 13:00–14:00	午餐			
	下午 14:00–18:00	上课	B303室		
	晚上 18:00–19:00	晚餐			
	晚上 19:00–21:00	上课	B303室		
7月15日 (星期六)	上午 09:00–13:00	上课	B303室	信息系统 专题	汤宏谅 教授
	中午 13:00–14:00	午餐			
	下午 14:00–18:00	上课	B303室		
	晚上 18:00–19:00	晚餐			
	晚上 19:00–21:00	上课	B303室		
7月16日 (星期日)	上午 09:00–13:00	上课	B303室		
	中午 13:00–14:00	午餐			
	下午 14:00–18:00	上课	B303室		
7月17日 (星期一)	上午 09:00–13:00	上课	B303室		

【6月15日】 上午看《代际关系与社会变革》一书。中午同金晓莉、张莉、周先军等人在康乐嘉园用餐。15:30后去沂源168台旅游村，准备明日开会。先登山，后用餐，后又去县城见潘龙文。

【6月16日】 全市十一五粮食发展规划征求意见会在168台旅游村召开，先彧主持，于、孔、朱局长先后传达文件，后各区县局长发言，我最后讲话，午饭后回到张店。

【6月17日–18日】 这两天一直写《社会资本与新农村建

设研究》一书，本月共写三万余字，进展顺利。

本周的另一个重点是构思《代际美学》。

【6月19日】 早上练字。晚上写作。上午召集局长例会，研究本周工作。调度粮食执法年活动。

【6月20日】 修改《社会资本投资风险及规避论纲》和《社会资本与企业创新》两论文。

调度粮食产业化发展年活动。

晚同宗俊海、孙永绥等一起用餐。

【6月21日】 编完我的《六然堂丛稿》一书，可近期送往济印刷，主要选编了我的2003年以来的哲学及经济学论文15篇，先进性教育及粮食工作的讲话论文40余篇。另有王杰、张友谊、焦耐芳、王明祥对我几本书的评论。

【6月22日】 中午同新疆来我市挂职13位同志用餐。下午读《代际伦理之维》一书。晚上写作。

【6月23日】 上午10点去济同自牧、王明祥等在一起用餐。自牧转来峻青题写的《张洪兴文存》书名。下午3点回办公室。晚上写书。

构思上次澳门学习的作业论文。

【6月24日–25日】 早上练字。全天写书，本周共写《社会资本与新农村建设研究》三万多字。

【6月26日】 上午召集局长例会，研究本周工作。找资料，写5月份的DBA作业论文。

【6月27日】 中午同柴洪德、春景等在万博大酒店用餐。

收到网上订购的书如下：1.《老年学概论》，2.《旅游美学》，

3.《老年社会学》，4.《美学前沿》，5.《经济美学》，6.《理性与躁动——关于青年价值观的思考》，7.《现代青年与青年伦理》，8.《人类生命系统中的美学》，9.《儿童心理学》，10.《现代生活与传统美学》，11.《接受美学与中学文学教育》，12.《现代美学艺术基本范式研究》，13.《美学与性别冲突》，14.《青年学新论》，15.《面向新世纪的美育与素质教育》，16.《美学的现实性和现代性》。

【6月28日】 中午同于局长、徐忠等金肥牛用餐。

调度夏粮收购情况。

早上练字，晚上写作。

【6月29日】 做DBA作业论文。

收到网上订书如下：1.《专家观点——社会主义新农村建设解读》，2.《典型案例——社会主义新农村建设模式参与》，3.《经济全球化背景下中国农村经济持续发展》，4.《中国农村发展研究报告（3）》，5.《中国农村发展重大问题研究》，6.《社会网络与生存状态》，7.《网络美学》，8.《农业科研与贫困》，9.《农业城镇化研究建设与管理》，10.《新时期农村道德建设研究》，11.《新时期农村发展战略研究》，12.《建设社会主义新农村的理论与实践》，13.《中国农村研究报告（5）》。

【6月30日】 中午接待曹庆文、孙建博、徐建新、宋博后用餐。

早上练字，晚上写作。

【7月1-2日】 两天写作，本周写《社会资本与新农村建设研究》三万余字。

【7月3日】 召集局长例会，研究本周工作。然后召集局务

会议，研究本月工作。

【7月4-5日】从上午开始接待张兆福副省长来淄博视察防汛和夏粮收购工作，省局孟庆秀、中储粮山东公司肖喜堂，省农发行杨杰等同来。4号上午考察周村南郊粮所和市东郊库。下午张省长视察太河水库，我同于局长陪孟庆秀局长视察桓台夏粮收购情况。

5号上午鲁中宾馆，张省长听取张建国、周清利、吴明君的汇报并讲话。

【7月6日】去济南见侯贺良、王西军，中午在翰林大酒店用餐，博瀚、刘健、吴新华陪同。下午把入省摄协的表交给侯贺良主席，入国家摄协的表已填好。晚上同白牧等用餐。

【7月7日】寄走加入中国摄影家协会的资料。同李浩谈企业改制问题。晚上同孙立新、王家祯等三家人聚会，在东知味斋。

写完五月份DBA作业论文：《对中小国有企业改制中管理层持股的几点思考》，六千余字。

【7月8日-9日】写作。本周写作《社会资本与新农村建设研究》二万余字。正按计划写作，争取7月底完成初稿。

【7月10日】召集局长会议，讨论本周工作。
准备去澳门学习的有关事宜。晚上写作。

【7月11日-12日】调度夏粮收购工作。
同农发行协商有关油脂工贸破产后的相关问题。
晚上写作。

【7月13日】上午11点去广州，后从广州到珠海，晚上8点到珠海，住福海大酒店。路上看长篇小说《投影》。

【7月14日】 本次课程由澳门科技大学研究生院院长汤宏谅演讲，为"信息技术"主题。

汤老师在美国待了二十五年，治学严谨，把西方讲课的灵活和东方的智慧很好地结合了起来。

【7月15日 –16日】这两天仍由汤老师上课。

这两天澳门不断下雨，天不热，很舒服。

【7月17日】中午上课到11点后返回珠海，乘船去深圳。17:05乘机回济南，回到张店时为21点，国局长、于局长、王延科一起到淄博饭店用餐。

【7月18日】上午10点去市组织部，市委常委王顶歧部长同我谈话，我到市委宣传部工作，任副部长，文联党组书记。后见亚黎、铭玉等。中午接待博山刘持太等。晚上同王希军、王东宏等一起用餐。

【7月19日】中午去博山见司志荣，房利军等一起用餐。饭后回到办公室。晚上同俊海、洪亮、贾斌等一起用餐。

【7月20日】中午去济南，同自牧、刘健、博瀚、培志等用餐。捎去袁长青的书稿，我的散文选最后定稿。晚上，省局王文兵局长来，征兵接待处用餐。

【7月21日】 中午同卜局长、国局长、王总、李健、王靖在知味斋用餐。下午本次干部调整集体谈话。晚上同机关全体工作人员用餐。

【7月22日 –23日】两天写作，本周得《社会资本与新农村建设研究》三万余字。

【7月24日】中午同庆文、俊海、宇声等在天乐园用餐。

下午张建国书记找新调整的几个一把手谈话。

【7月25日 -26日】等待报到，整理有关文稿。写作。

25日上午10点去见岳书记。后同儿子回临朐老家。26日下午到博山吴荣章处，见画家唐华，唐华赠大画牡丹图《色祥得瑞》。

【7月27日】下午3点曹家才等送我到宣传部。曹家才等先后讲话。岳长志书记讲话。

【7月28日】参加部长办公会议。主要议近期工作及分工问题。

我主要分管文化教育科，机关总支，文明办、协助分管干部科。

【7月29日】上午部里召开欢迎欢送会。岳书记主持，莲君、李敏、我三人先后发言。岳书记讲话。中午丽景园用餐。

【7月30日】上午写作。中午同郑峰、莲君、俊海、衍喜用餐。

家祯去济拉回我的散文选，这本散文选印得精致，选得不错。

【7月31日】第一天到宣传部上班，听取干部科、文明办、文教科、机关总支的工作汇报。后去省粮食局辞行，中午邹局长陪同，王永胜、国先彧、于成武同去。下午去自牧处捎回我的《六然堂丛稿》一书校对稿。晚上写作。

【8月1日】上午去办公室同文明办谈"邻居节"事宜。中午同二库班子用餐，赠《散文选》。下午先去办公室上网，后校对《六然堂丛稿》。下午4:30参加部长办公会议，研究三名干部，后到组织部。晚上同供销社班子王兹水等用餐，粮食局王永

胜、国先彧、于成武、袁长顺、杨士鹏参加。赠《散文选》。

【8月2日】 去市政府见吴市长。后同俊海、姜岩去济南，山东省文联报到，见到于钦彦书记，中午同于书记一起用餐。

【8月3日】 中午省作协王兆山从青岛来，同俊海一起在淄博饭店接待。晚上同赵水清、韩大力、房利军用餐。

【8月4日】 中午同孙立新、孙建博、曹庆文、杨培玉、宗俊海、王建新、侯希智用餐。晚上写作。

【8月5日】 中午刘健、侯博瀚、戴丽娜来淄，丽景苑用餐。晚上李贡平、朱建伟部长，在丽景苑安排新闻科等用餐，王莲君、李敏和我参加。

后去淄博饭店，同胡林、栾兆恺、翟慎永、刘东军、马国舟、王立春、毕建国等用餐。

【8月6日】 中午同赵希成、郑建业在嘉周大酒店用餐。晚上写作。

【8月7日】 周一上班，调度本周的几项工作。中午同文明办的同事们同李敏局长在丽景园用餐。晚上写作。

【8月8日】 晚上，长江率宣传科、企业科等在长城用餐。
校对《六然堂丛稿》。

【8月9日】 上午调度近期的几项工作。晚上，贡平部长同讲师团的同事们同莲君部长、李敏局长、我及建伟部长在世纪大酒店用餐。

【8月10日】 中午同干部科、文教科、机关党总支的同事们同莲君部长在理工大国际交流中心用餐。晚上同王兴辉司令、王学真校长、冯旅长、张元孝、周成果、王庆禄等在民泰大酒店

用餐。

读《管理信息概论》。

【8月11日】读《管理信息概论》。调度下周工作。

晚上在理工大国际交流中心同王浩、徐德征、宓传庆等用餐。

【8月12日】全天写作，得六千余字。

晚上王杰从日照来，召集杜吉泽、王彦永、张明芳、巩绪民等去博苑宾馆用餐。

【8月13日】全天写作《社会资本与新农村建设研究》，本周共得一万八千余字。

【8月14日】上午先向岳书记汇报近期的几项工作。中午莲君部长、朱建伟、东宏、金智、庆文、志宝、周健敏等在博苑大酒店用餐。下午调度全市宣传干部培训班筹备情况。晚上同自牧、培志在周村用餐，家玉、方之等陪同。

夫人在济南学习。

晚上下了场雨，凉爽了许多。

收到澳科大发来的上课通知及课程表：

日期：2006年8月14日，周一，下午3:30

文件编号：MUST/06/0486/SGS-O

致各位0509级DBA学生：

大家好！

九月份的上课时间请见附件。

澳门科技大学研究生院

梁静敏

附件：9 月份上课日程表

澳门科技大学
9 月份上课日程表（0509 级 DBA）

日期	时间		活动名称	场地	科目名称	授课教授
9月14日 (星期四)	上午 09:00–13:00 下午 14:30–17:30		注册	C107室		
9月15日 (星期五)	上午 09:00–13:00		上课	H517	管理政策 专题	林忠 教授
	中午 13:00–14:30		午餐			
	下午 14:30–18:30		上课	H517		
9月16日 (星期六)	上午 09:00–13:00		上课	H517		
	中午 13:00–14:30		午餐			
	下午 14:30–18:30		上课	H517		
9月17日 (星期日)	上午 09:00–13:00		上课	H517	管理政策 专题	林忠 教授
	中午 13:00–14:30		午餐			
	下午 14:30–18:30		上课	H517		
9月18日 (星期一)	上午 09:00–13:00		上课	H517		
	中午 13:00–14:30		午餐			
	下午 14:30–18:30		上课	H517		
9月19日 (星期二)	上午 09:00–13:00 下午 14:30–17:30		内地学生办理延期的特别许可	澳门治安警察局出入境事务厅		

【8 月 15 日】上午参加全市政协工作会议。中午同王兴辉司令、张勇队长、杜振波书记、吴兆金台长、刘建立经理等用餐。下午新华来电：中国摄影家协会已批准我为会员。晚上写作。

【8 月 16 日】中午同博山区韩克新等区委宣传部领导们在一起用餐，粮食局于成武、王延科、刘泉水、杨宝玉等参加。下

午调度下周宣传干部培训班筹备情况。

【8月17日】调度下周宣传干部培训班筹备情况。

读《管理信息概论》一书。

【8月18日】上午9:30去济南，同自牧、刘健、博瀚、老陈等用餐，自牧生日，自牧赠我字一幅。下午，岳书记召集三个干部谈话，后同莲君部长、俊海金太阳用餐。

【8月19日】写作一天，得五千余字。

【8月20日】中午同陈晶、翟昱民、张华等用餐。下午晚上写作，得五千余字。

【8月21日】上午去淄川，在全市宣传部培训班开学典礼上讲话。中午回张店同王世庆、曹庆文等用餐。晚上在博苑宾馆同毕建国夫妇及其女儿、孟强夫妇及儿子、翟慎永及夫人用餐，我夫人及儿子参加，克东陪同。

【8月22日】在济南参加全省文化工作会议。

中午同王兆山、许晨、房义经、刘君、路英勇等在一起用餐。晚上参加邹大民局长儿子的婚宴，后到理工大国际交流中心同贡平、莲君、李敏参加市新华书店的宴请。

【8月23日】读《管理信息概论》。

中午在嘉周大酒店用餐。晚上王振升组织老团干在理工大国际交流中心用餐。

【8月24日】岳长志书记带领去省委宣传部汇报工作，先见王敏部长，后见姜铁军部长，后到省文明办，中午在舜耕山庄用餐。晚上，志江、连波、水清、连荣、振青等在理工大国际交流中心用餐。

上午、下午调度农村精神文明建设十一五纲要进展和未成年人权益保护检查问题。

【8月25日】 中午同先彧、成武、士鹏、李浩、泉水在嘉周大酒店用餐。晚上同黄志兴、宗俊海等在乐晓园用餐。

读《管理信息概论》。

调度农村精神文明建设十一五规划进展。

安排下周工作。

【8月26日】 全天写作。写完《社会资本与新农村建设研究》一书，二十余万字。

中午同家祯、郭震在金肥牛用餐。

【8月27日】 长篇小说《潮起潮落》打印完毕，全天修改。

【8月28日】 文明办调度会议，会上调度情况，对任务进行了分析，研究精神文明建设十一五规划。并提出要求。

【8月29日】 上午调度十一五精神文明建设规划。中午到博山，同陈维茂、孙家财、高延民、房利军用餐。晚上同贡平、莲君、李敏、建伟同杨培玉、赵刚、司文秀、王建新等在嘉周用餐。

【8月30日】 上午召集邻居节调度会议，调度邻居节的八项活动。

【8月31日】 下午参加部班子民主生活会议。后向岳书记汇报近期三项工作。

【9月1日】 上午参加淄博书画名城开展，中午同岳书记一起接待省文联党组书记于钦彦。晚上同志忠、聚文、延海、庆竹等在博苑用餐。

【9月2日】 上午下午改长篇小说《潮起潮落》。晚上在周村接待李掖平夫妇和谢明洲夫妇，瑞虎、刘君、李家玉等陪同。

【9月3日】 上午、下午修改长篇小说《潮起潮落》。中午同岳经一、赵新喜、吴新华等在一起用餐，庆贺岳和我同时成为中国摄影家协会会员。

【9月4日】 上午召集部分单位领导人会议，研究精神文明建设十一五规划。准备上次上课的DBA作业论文《管理信息系统与企业社会资本关系问题的探讨》。晚上同成锡钶、王春林、刘伟、周明、王淑芳等在张店宾馆用餐。

【9月5日】 周村举行第三届旱码头旅游节，上午9点参加开幕式，后看演出，陪省宣传部副部长刘保聚，中午同自牧、徐明祥、孙芳之、任传斗等用餐。下午返回。改完长篇小说《潮起潮落》。

【9月6日】 调度邻居节有关演出活动。
中午同焦耐芳、马艳华、郝永勃、解贵东在一起用餐。晚上校对我的《六然堂丛稿》一书。

【9月7日】 调度十一五精神文明规划修改情况。准备作业论文《管理信息系统与企业社会资本关系问题的探讨》。校对《六然堂丛稿》。

【9月8日】 安排下周各科室工作。校对完《六然堂丛稿》一书。

【9月9日】 上午去淄川洪山镇参加电视剧《走进大山》开机仪式。中午在柳泉大酒店同同学孟昭君、司衍会一起用餐。
写作DBA作业论文《管理信息系统与企业社会资本关系问

题的探讨》。

【9月10日】全天写作 DBA 论文《管理信息系统与企业社会资本关系问题的探讨》，晚上写完，8000 余字。

【9月11日】部长办公会议，研究近期几项工作。
中午同吴兆余、孙永绥、赵立新、张金敖、邱明武等用餐。下午调度邻居节的演出筹备工作。

【9月12日】调度邻居节工作。
准备明日去澳门的机票、材料等。

【9月13日】早上 6:40 从张店出发，8:10 到济南机场。大雾晚点，10 点飞机起飞。到广州 12:40，下午乘 1 点的大巴到珠海，广州、珠海大雨，到珠海时雨停，晚上又是大雨。住友谊宾馆。

【9月14日】上午 8 点过海关，9 点到学校，交上上次上课的作业论文。晚上逛书城，买书五本，花 172.00 元。晚上修改校对书稿《社会资本与新农村建设研究》。

【9月15日】早上 7 点起床，结账。7:30 过海关，8:20 到学校。
这次课是管理策略专题，南京理工大学周小虎教授讲，讲得不错。
下午 6 点回到谢百顺主任所在的办事处宾馆。晚上修改校对书稿。6:30 同省党校研究生同学刘建华用餐，刘建华及夫人在中央驻澳门联络办。

【9月16日】早上 6 点起床，修改校对书稿。8 点乘车，8:30 到学校，先到食堂用餐。后到教室上课。下午 7 点回到宾馆。晚

上修改校对书稿，看当天的课程材料。

【9月17日】 上午6:30起床，8点在附近的小店用餐，澳门的饮食一直不习惯，这个小店不错，很北方化。8:30到校，9点上课。下午7点回到宾馆。晚上修改校对书稿。

【9月18日】 早上6点起床，修改校对完捎来的稿子，共4章。8点用餐，8:40到学校。上课后11点到九州岛码头，12点到深圳，12:40到机场，用餐后安检，下午2:30起飞。5点到济南，林祥来接。晚上李树波、王东宏等鲁中宾馆用餐。

【9月19日】 下午同树波一起向岳书记汇报邻居节演出等几个具体事宜。

【9月20日】 淄博市民公德100则主题实践活动及社区义工启动仪式在中国陶瓷馆前举行，参加活动并参观。
　　中午同文化局赵玉华等用餐。

【9月21日】 上午岳书记召集部长们碰头，议节前工作。同国先彧、于成武及组织科刘恒林、贵东、丁小晶等用餐。

【9月22日】 上午演出彩排。中午同面粉厂李浩等班子成员顺风肥牛用餐。下午文明委讨论《淄博市十一五精神文明规划》。后淄博宾馆用餐，岳书记、宋市长、徐政委、王同和等参加，先坤、树波、东宏参加。

【9月23日】 上午9点去怡海世家居委会参加淄博第二届邻居节及文艺演出，11:30结束。下午修改校对书稿。

【9月24日】 上午、下午修改校对书稿。
　　这两天共修改校对3章，还剩3章，争取节前完毕。

【9月25日】 部署本周工作。

修改校对书稿。

送新疆粮食局王局长返回。

【9月26日】岳书记召集部长碰头会议，议节前工作。

晚上同军供中心刘全水等全体人员用餐。

【9月27日】修改校对书稿。

同面粉厂李浩等用餐。

【9月28日】构思完《社会共识论》一书。

打算利用10、11、12月的周末写完此书，大约写10到12万字。

【9月29日】修改校对完《社会资本与新农村建设研究》书稿。

自牧从济来，捎来《六然堂丛稿》二稿，和袁长英诗集二稿。

晚上部里、办公室为林祥回粮食局送行，朱建委、巩绪民等参加。

【9月30日】校对《六然堂丛稿》一书。

构思《社会共识论》一书。

【10月1日】校对完《六然堂丛稿》一书。

读《缄默知识论》。

【10月2日】中午去博山参加孙金栋女儿婚宴。下午返回。

读《缄默知识论》。

【10月3日】中午参加王光胜之子婚宴。

读姜进章的《知识重建论》。

【10月4日－6日】开始写《社会共识论》一书。

写完第一章得万余字。

【10月7日】上午去淋漓湖，房利军和夫人接待我们，第一次在湖缘宾馆用餐。下午划船，玩牌。下午5:30返回张店。

读完颜晓峰著《知识创新》。

【10月8日】节后第一天上班。

10点召集分管的科室议近期工作。

构思《社会共识论》第二章。

读刘勤柏，梁辰著《知识创新学》。

【10月9日】先参加全市领导干部大会。

11点参加部长办公会议，议近期的主要工作。晚上胡春景安排在金太阳用餐，先彧、克东、家祯、贵东等参加，今天是我的阳历生日，喝得不少。

【10月10日】调度省四进社区文艺展演筹备情况。

晚上构思散文，受许晨主编委托，写一到两篇散文给《山东文学》。

读张吉成著《组织知识创新》一书。

【10月11日】中午接待省宣传部聂宏刚和省文明办王宏勇。下午3:30参加部长办公会议。

【10月12日】上午学习六中全会精神。中午同网通吴敬福、张波等用餐。晚上读王霁著《认识系统运行论》。

【10月13日】中午去济南自牧处，送去校对书稿《六然堂丛稿》和《社会资本与新农村建设研究》书稿。

中午用餐。下午3:30召集部分人员会议，部署参加市直机关运动会事宜。

收到李家玉诗集《纯洁声音》。

【10月14日】 写散文《拉斯维加斯》，在原来的基础，增添二千字的内容。

读《关于知识的本体论研究》一书。

【10月15日】 读《知识与确证》陈嘉明著。

写完袁长英诗集《岁月留声》序言。

【10月16日】 召集分管科室科长主任会议，研究本周工作。

修改袁长英《岁月留声》诗序并把校对稿让家祯转给他。

【10月17日】 把散文《拉斯维加斯》发给《山东文学》，同摄协刘统爱在一起用餐。

【10月18日】 为南京炮兵学院伏健章的新著《辨析录》写序。

构思《社会共识论》第二章。

收到澳科大11月份上课的通知及课程表：

文件编号：MUST/06/1632/SGS-L

致0509级DBA同学（B班）：

兹通知台端有关11月份上课事宜，具体安排如下：

上课日期： 11月23-26日

时　　间： 见附件

科　　目： 研究方法

授课老师： 汤宏谅教授

如不能如期来澳上课，务必向研究生院提出书面申请。

澳门科技大学研究生院

附件：11 月份上课日程表

澳门科技大学

11 月份上课日程表（0509 级 DBA-B 班）

日期	时间	活动名称	场地	科目名称	授课教授
11月23日 (星期四)	上午 09:00–13:00	上课	H517	研究方法	汤宏谅 教授
	中午 13:00–14:30	午餐			
	下午 14:30–18:30	上课	H517		
11月24日 (星期五)	上午 09:00–13:00	上课	H517		
	中午 13:00–14:30	午餐			
	下午 14:30–18:30	上课	B401		
11月25日 (星期六)	上午 09:00–12:30	上课	B401		
	中午 12:30–14:30	午餐			
	下午 14:30–18:30	上课	H517		
11月26日 (星期日)	上午 09:00–13:00	上课	H517		
	中午 13:00–14:30	午餐			
	下午 14:30–18:30	上课	H517		

【10 月 19 日】 同作家王金玲、杨克和、康云等在一起用餐，议淄博优秀文学奖评奖事宜。

【10 月 20 日】 把《辨析录》的序寄给南京炮兵学院伏健章。

构思完《社会共识论》第二章。

【10 月 21 日】 参加市作协两年一度的淄博优秀文学奖颁奖典礼并讲话，35 本书获奖。

写《社会共识论》一千余字。

【10 月 22 日】 上午参加全市芳草杯摄影艺术奖颁奖并讲话。晚上同贡平部长及本部部分科长主任用餐。

【10 月 23 日】 周一上班，调度研究本周各项工作。

调度山东省第三届四进社区文化展演及文化进社区工作会议的筹备工作。写作《社会共识论》第二章。

【10月24日】 调度山东省第三届四进社区文艺展演筹备情况，和焦波议《俺爹俺娘》文化周活动安排。

再次校对《社会资本与新农村建设研究》一书。

【10月25日】 上午陪岳长志书记看山东省第三届四进社区文艺展演筹备现场。下午根据岳书记提出的要求，调度工作。晚上校对书稿。

【10月26日】 接待省文明办杜峰处长，筹备文艺展演事宜。

准备上次上课的DBA作业论文，题目：《企业执行力及对企业战略实施的影响》查找资料。晚上校对书稿。

【10月27日】 接待省文明办王宏勇等及来参加全省文艺展演的各市地参会人员，上午同先坤秘书长等再次到现场看筹备情况。

【10月28日】 上午参加全省文艺进社区工作会议，后参观潘庄社区等三个社区。下午参加全省四进社区文艺展演，活动很成功。晚上淄博宾馆同省文明办王宏勇等一起庆贺活动圆满成功。

【10月29日】 全天校对书稿。写作《社会共识论》。

【10月30日】 调度研究本周工作。写作DBA作业论文。晚上同文明办的同志用餐，祝全省文艺展演成功。

【10月31日】 调度六中全会学习及文明单位评比复审工作。校对书稿。

【11月1日】给蒋新发去散文三篇,请其选用。校对书稿。

写作DBA作业论文提纲《论企业执行力及对企业战略实施的影响》。

【11月2日】校对完《社会资本与新农村建设研究》书稿,撰写后记及参考文献。

读《管理研究方法》一书,有收获。写作《社会共识论》。

【11月3日】上午下午参加市委全委会。晚上同卜德兰、宗俊海、胡春景、王家祯等一起在金太阳用餐。

【11月4日】上午写《社会共识论》两千字。中午去周村,见到自牧、刘健、侯博瀚、阿滢、陈威光、孙方之等艺术家、作家。陈威光为我和夫人写字两幅,阿灵赠书《我的精神乐园》,自牧捎来印好的我的新著《六然堂丛稿》一书,书印得不错,封面淡雅,自牧题的书名也很好。刘健捎来新近一期《艺术中国》。自牧捎回袁长英的诗集书稿。晚上写《社会共识论》一千字。

【11月5日】下午写《社会共识论》一千余字。晚上为写《社会共识论》准备材料。

【11月6日】写完澳门科技大学DBA上次作业论文《企业执行力及对企业战略实施的影响》一文,六千字。

【11月7日】构思并搜集《社会共识论》的材料。由于《社会共识论》的参考资料不多,目前争论也颇大,并不太好写,从网上下载了十几篇文章,多是一般性论述,从不同的角度论述的。我的这本《社会共识论》是从哲学角度展开论述的,并结合社会学、管理学、文化及道德学进行论述,这本书的写作应是很有意义的一件事。

【11月8日】调度省文明单位复审事宜。

关于 DBA 博士论文有三个题目值得写：一是关于社会资本的投资风险问题，目前见到的文章很少，没有硕博论文；二是关于《企业社会资本对企业凝聚力的作用和影响》方面的，写得也很少，没有搜到硕博论文；三是企业社会资本与绩效方面的；到底选哪一个题目，还要再论证一下，不过这三个题目将来都可以写成一个较大的东西。

【11月9日】上午参加全省党员干部廉政电视电话会议。中午同焦耐芳等在金肥牛用餐，商谈了我的长篇小说《潮起潮落》改编成电视剧的事。晚上在嘉周大酒店同刘强、王进、蒋海德、徐本祯、王广东、张萍、张春梅、李伟、钱升勇、刘德明等用餐。

【11月10日】去京路上，读长篇小说《风暴》。

下午 2:30 到济南。后同自牧、俊海一起去京参加第三届日记及日记文学论坛和《日记杂志》创刊七周年座谈会。晚上 10:30 到北京北太平庄宾馆住下。11 点好友段华来，同自牧一起外出喝啤酒，到夜里 2:30 回到宾馆。

【11月11日】上午 9 点同自牧、俊海来到北师大京师大厦参加中国第三届日记与日记文学年会。于晓明主持，一批日记学者、日记专家及北京各大报记者 70 多人参会。上午大会发言，自牧致辞。11 点在门前合影。下午继续讨论。中午同俊海、自牧、段程华等在东来顺用餐。下午同俊海去中央党校王杰处用餐，晚 9:30 回宾馆。

【11月12日】会议继续举行。

上午 8:30 同俊海、万里到天安门，10 点返回宾馆。10:30 同自牧一起离开北京。下午 4:40 到自牧处，到达济南时读完长篇小说《风暴》。捎上《六然堂丛稿》五包回淄博。5:50 回到家。晚上寻找《社会共识论》的资料。

【11 月 13 日】 上午集体学习，学习最近召开的市委全委扩大会议精神。学习结束时岳长志书记讲话。读《管理研究方法》一书。晚上写《社会共识论》一千二百字。

【11 月 14 日】 修改 DBA 的作业《简论企业执行力及其对企业发展战略的作用和影响》。读《管理研究方法》一书。

【11 月 15 日】 中午同俊海一起接待《山东文学》副主编许晨，商定在《山东文学》第一期发淄博作家三万字的稿件事宜。午饭后，许晨去淄川。下午同先坤、长江共同召开全市感动淄博年度人物评选会议，部署年度人物评选工作。晚上同先坤、长江等在山东理工大学国际学术培训中心用餐。

【11 月 16 日】 早上同俊海一同陪许晨用餐。谈及在《山东大学》连载我的长篇小说事宜，答应从澳门回来后把稿子送过去。修改我的 DBA 作业论文。读《领导学基础》一书。

【11 月 17 日】 上午读《管理研究方法》一书。上午 11:30 同俊海、同学杨毓彪等去东郊库参观。中午在齐风韶韵用餐。

从网上购买并下载关于企业执行力、凝聚力及社会共识方面的有关文章 30 余篇，并进行浏览。

今天《淄博晚报》发表老作家韩青对我散文选的评论，题目为《内心深处的写照》二千余字，写得不错。

【11 月 18 日】 早上先参加全市领导干部运动会开幕式，夫人参加资格考试。10:30 出发去南京。路上看长篇小说《你怕黑

吗》。下午 5 点到南京。晚上 6 点同伏健章政委、王友高队长在炮兵学院山渔府用餐。9 点回驿站宾馆。

【11 月 19 日】 早上 7 点起床。8:30 在附近小吃摊上用餐，四个人两个面、两个馄饨、两个鸡蛋，共花 11 元人民币，口味很一般。9 点在王队长办公室交流。9:30 离开南京炮兵学院。路上看长篇小说《你怕黑吗》，到莱芜时已看完。小说人物形象饱满，对比鲜明，语言简洁洗练，明快生动，情节一波三折，扣人心弦，收获不小。读完此书我在想，过一段时间，自己也要写一本惊险小说，在里边要把爱情故事同惊险和幻想性的东西融为一体。

【11 月 20 日】 上午召集分管的部门和科室议本周工作。审定《市人才工作的总结与打算的报告》。读《领导科学概论》一书。晚上在嘉周大酒店同老组织科的同志们用餐，高景乾、徐本祯、王光东、蒋德海、段铭玉、钱升勇、李伟、李玉珍、成锡钶、王春林等参加。

【11 月 21 日】 修改定稿 DBA 作业论文《简论企业执行力对企业发展战略的作用与影响》，七千余字。

收到网上订购书 11 本：1.《团队精神》，2.《团队精神（打造斯巴达克方阵）》，3.《知识创新学》，4.《知识管理导论》，5.《干部群体素质》，6.《中国基督教基础知识》，7.《群心态论》，8.《沟通学思想导论》，9.《新编党员理想信息教育读本》，10.《现代心理学》，11.《民族心理学教程》。

下午审定《三下乡调查报告》和《市文化体制与产业发展情况的汇报》。

【11 月 22 日】 早上 7:30 从张店到济，一小时后到达济南国际机场，飞机 10 点按时起飞，到广州时为 12:30，天气有些热。

13:10 乘大巴去珠海，2 个半小时后到达珠海拱北友谊宾馆。后去书店买书 4 本，4 包方便面。吃饭后读《管理研究方法》一书。

在广州到珠海的路上，读琼瑶长篇小说《秋歌》，晚上继续读，后睡去。

【11 月 23 日】早 7:30 起床，泡方便面。后去拱北海关。8:40 赶到学校。交上上次上课的作业论文。汤宏谅教授讲《管理研究方法》，深入浅出，很受益。晚上 8:30 返回，读小说《秋歌》。

【11 月 24 日】早上 7:30 起床，泡方便面。8:30 到澳科大。汤宏谅教授继续讲课。边讲边教我们怎样使用 SPSS 软件，有收获。晚上 9 点返回，读完小说《秋歌》。

【11 月 25 日】早上 7:30 起床，泡方便面。8:50 到学校。继续听汤宏谅教授讲课，他要求我们论文要早设计。晚上 8:30 返回，读《管理研究方法》一书。

【11 月 26 日】早上 7:30 起床。8:40 到学校。11:40 返回珠海，后乘车去深圳，下午 3:30 乘飞机到济南。晚上 8:30 回到张店。

【11 月 27 日】上午同凡龙一起向岳书记汇报有关干部情况。中午同家祯、贵东、赵炎等在顺丰肥牛用餐。下午查阅有关资料。晚上同俊海、树博同省文明办杜峰在长城酒店用餐。

【11 月 28 日】上午参加部长办公会议，研究十名干部，先推荐，后研究。11:40 去济南。13 点到北辰饺子城，见到了刚刚印出来的我的新著《社会资本与新农村建设研究》一书，把我的长篇小说《花开花落》交给许晨，许晨主编想在《山东文学》上连载，可以边改边载。中午同王兆山、许晨、自牧、余斌等一起用餐。下午 5 点赶到江南豪景。晚上同李皓、王西军、马广海、

韩峰、魏凡龙、徐德征等用餐。

【11月29日】读《社会资本在发展中的作用》一书。

中午同王修德、王金玲、杨克和在地税接待处用餐，分别赠我的新书《社会资本与新农村建设研究》。下午修改我的长篇小说《潮起潮落》。晚上在博苑宾馆同春景、克东、志庆及夫人，杨飞等用餐，维寰安排。

【11月30日】上午10点在部办公室参加市宣传部和文联组织的贯彻落实文联、作协双代会座谈会。俊海主持，姜言传达宣传部与文联联合下发的通知，最后我讲贯彻意见。下午修改长篇小说《潮起潮落》。晚上在淄博饭店接待DBA广州同学李毅坚。

【12月1日】上午搜集DBA博士论文资料。

张宝强婚宴在博山福园酒店举行。上午10:30同夫人去博山后，同刘荣喜、孙家财等一起用餐。接待广东同学李毅坚。下午返回。下午收到著名作家毕四海签名本《毕四海文选》(7卷本)。晚上部班子陪岳书记同军分区班子用餐，后在工会接处接待李毅坚。

【12月2日】上午休息，看电视剧。下午写《社会共识论》，得二千字。

打算12月份再写一章。1月开始做DBA开题报告。

【12月3日】全天写作《社会共识论》，得四千字。

【12月4日】上午召集分管部门、科室主任、科长会议，议本周工作。

向岳书记汇报上报省级精神文明单位、文明机关、文明村镇的情况。晚上宣传部部长们全体同粮食局局班子成员在淄博宾馆用餐。

【12月5日】 上午陪岳书记到文明单位调研，调研全市公路建设。先到昌国路立交桥，淄川大桥，博山立交桥，后到临淄调研。中午博山用餐，西国书记、树民、许磊、维龙、玉森等参加，市交通局王永新、王兴等参加。下午返回。晚上同郑峰、巴新福、王亮方等在泰星用餐。

【12月6日】 上午下午修改长篇小说《潮起潮落》。

《山东文学》许晨来电，明年第一期刊登淄博稿件。要求下周一送到济南，我的散文《拉斯维加斯》在《山东文学》12/2006期已发表，七千余字，并寄来样本。

【12月7日】 中午同焦耐芳在金肥牛用餐，议长篇小说《潮起潮落》改编电视剧的事宜。耐芳认为可以改编成18集以上的电视剧。小说可以再增加一个次要的人物形成更强的对比，另外再增加一些矛盾，突出人物个性。下午晚上修改《潮起潮落》，可以用两周多的时间再改一遍。

【12月8日】 同凡龙议军转干部事宜。同春水议全国、省及市党代会代表事宜。同宝霞议首届农村文化艺术节事宜。

晚上同曹庆文、张宇声、韩得信等在金太阳用餐。

【12月9日】 上午10点同家祯去临淄看望胡春景之父。中午11:30回到张店。下午2:30参加全市领导干部会议。晚上修改小说。

【12月10日】 上午、下午修改长篇小说。晚上同胡林、翟慎永等在劳动大厦用餐。

【12月11日】 上午9:30先召集分管科室领导人员会议，研

究本周工作。上午 10 点向岳书记汇报军转干部、公务员登记、党的十七大、省、市党代会代表推举事宜。10:30 去济南。12 点到省委办公厅自牧处，袁长英诗选已印好。本书由自牧和我负责，终于出来了，我写序言，自牧编辑，下了许多功夫。中午去省作协，把淄博籍作家九篇稿件送去，并约定我的长篇小说在《山东文学》连载事宜。中午同著名作家毕四海、许晨、自牧用餐。下午 4 点返回。

【12 月 12 日】上午下午修改长篇小说，想集中精力修改一遍。晚上同周茂松、王建军、闫秀伟、乔华、马艳华、何象斌、苏嗣君等在一起用餐。下午《山东文学》许晨来电，谈稿子的编发情况。

【12 月 13 日】调度公务员登记情况。部里十名干部组织部备案情况。调度综艺类节目的评选情况。

修改长篇小说《潮起潮落》。

【12 月 14 日】构思 DBA 毕业论文及开题报告。

调度年底党员发展情况。调度综艺类节目评选筹备情况。调度市德艺双馨艺术家评选工作。修改长篇小说。

【12 月 15 日】修改长篇小说。

晚上同作家王金绘、任传斗、刘敬明在一起用餐。

【12 月 16 日 –17 日】继续修改长篇小说《潮起潮落》，到晚上基本修改一遍。这次加了两个人物，增加 5 至 6 万字，但感觉还是有些粗糙。

【12 月 18 日】上午先召集分管的科处室负责人会，议本周工作。后读从维普网上购买的几篇关于社会资本问题的硕博论文。中午同淄博储备库班子用餐，于成武局长参加。下午 4 点参

加部长办公会议，议部里新任干部谈话及军转干部，公务员登记事宜。晚上看《陈真后传》。

【12月19日】安排明天的评奖会议。

收到孙方之中短篇小说选集。收到周雁羽寄来的长篇小说《秋千女人》。

【12月20日】在淄川鲁中驾训中心主持三年来全市优秀综艺类和服务类栏目的评选活动。

晚上同交警队柳奇及各评委一起用餐。

【12月21日】修改完长篇小说，后邮件发给焦耐芳。

晚上同李贡平、阚金智、魏凡龙等在丽景苑用餐。

【12月22日】安排王宝霞为《毕四海文集》研讨会及文学馆买花瓶，以文联的名义赠送。

读《企业团队构成对企业凝聚力的影响》的论文。为DBA论文开题作准备。

【12月23日】上午参加毕四海文学馆开馆仪式，一批作家及评论家出席。午饭见许晨、自牧、于晓明，中午同翟泰丰、陈建功、李敏、张炜等在一起用餐，后返回。晚上写《社会共识论》一千字。

【12月24日】参加市摄影家协会换届会议并讲话。

晚上同庆文、俊海、天生及各自夫人在博苑宾馆过平安夜。

【12月25日】周一同分管的科处室负责人一起讨论本周工作。中午同韩青、焦耐芳、郝永勃、孙方之、乔华等作家一起用餐。收到张光兴、张劲松著《从传统走向现代——构建我们的现

代文明观》一书。

【12月26日】读硕士论文《军队精神凝聚力研究》。

中午同马恒利、马恒跃、金晓莉、张丽、李建民等在开发区法院招待所用餐。晚上看电视剧《暗哨》。

【12月26日】上午参加部务会议，岳长志书记主持并讲话，研究如何贯彻全省宣传部长会议精神问题。

收到《山东省"五五"普法法律法规选编》和《山东省五五普法读本》两本书。

下午读硕士论文《体育团队凝聚力及其多维评价体系研究》。

【12月27日】读博士论文《学习型文化对企业竞争力作用机制研究》。

构思DBA论文开题报告。晚上看《暗哨》。

【12月28日】继续读《学习型企业文化对企业竞争力作用机制研究》。

中午同俊海等在一起用餐。晚上看《暗哨》。

【12月29日】上午参加全市经济工作会议。

读完《学习型企业文化对企业竞争力作用机制研究》。读数学统计方面的内容，为DBA论文作准备。晚上写《社会共识论》一千字。

【12月30日】读硕士论文《社会资本对企业竞争力的研究》。读小说《旱魃》、《小站》。晚上看电视《乡村爱情》。

【12月31日】读《数理统计》。读新一期《齐风》小说《私企丽人》。中午同文明办及分管科处室负责人用餐，庆祝新年。

2007 年日记

【1月1日】修改长篇小说《潮起潮落》。看《西游记》。

【1月2日】上午修改长篇小说《潮起潮落》。下午到博山看望岳母。晚上同高延民、陈维茂、房利军等一起用餐。

【1月3日】修改长篇小说《潮起潮落》。到晚上又修改完一遍，主要是加了些矛盾的情节。

【1月4日】第一天上班。

社联李斌来电，我的《社会资本与新农村建设研究》一书已报省，参加省社科成果评奖。

中午同庆文、新华等在长城用餐。晚上同嗣君、齐华、启新、袁鹏在一起用餐。

收到省普法领导小组的证书和文件，我被评为省"四五普法"先进个人。

【1月5日】修改长篇小说《潮起潮落》。读方之小说《梦奸》。

【1月6日】参加孙方之小说讨论会并致辞。

见朱德发、牛运清、毕四海等专家学者，见自牧、明祥。中午周村用餐，下午赶回，修改长篇小说《潮起潮落》。

【1月7日】修改长篇小说《潮起潮落》一天。

【1月8日】上午召集分管部门负责人会议，议近日工作，并提出今年工作的四点要求。晚上修改长篇小说《潮起潮落》。

【1月9日】 上午参加全市宣传部长会议。晚上修改长篇小说《潮起潮落》。

【1月10日】 上午参加全省科技文化卫生三下乡电视电话会议，在淄博会场讲话。晚上陪枣庄于部长一行。

【1月11日】 早上陪枣庄于部长一行。晚上修改长篇小说《潮起潮落》。

【1月12日】 对下周工作进行调度。
晚上校对修改长篇小说《潮起潮落》。

【1月13日–14日】 集中精力修改长篇小说，这一遍主要对文字进行修改，情节有变化，但不大。
13日晚同工商局马立山等用餐。

【1月15日】 周一召集分管的处室研究本周工作。
晚上修改完长篇小说。
研究《齐风》扩大发放事宜。

【1月16日】 上午先向岳书记汇报近期几项工作。后去济，见作家自牧、许晨、杨文学。把长篇小说给许晨，《山东文学》已选载一些。中午在一起用餐。

【1月17日】 中午同焦耐芳、郝永勃、马艳华、刘维寰等用餐。同耐芳探讨小说改编电视剧事宜。

【1月18日】 上午参加全市三下乡活动暨首届农民文化艺术节开幕式并致辞。下午读《学习型企业文化与企业竞争力研究》。

【1月19日】 把我的小说稿子给耐芳发过去。研究下周工作。

参加部务会议，岳书记主持，王亚黎部长宣布新任干部的决定。

【1月20日】上午去博山，陪夫人定制衣服两套，下午返回，晚上看电视剧《夜雨》。

【1月21日】上午去南京，晚上7点到南京炮兵学院。晚上同伏健章、王友高等用餐，赠给付和王字与画各一幅。

收到伏健章的《辨析录》，是我写的序言。

【1月22日】上午7点出发，下午2:30到办公室。晚上同文明办的主任、科长、科员一起用餐。

路上构思今年的写作打算：1. 初步写完博士论文，2. 写完长篇小说《花开花落》，3. 写完《社会共识论》。

【1月23日】读《学习型企业文化与企业竞争力研究》。
构思小说《遗愿》，可以去澳门学习时写出来。

【1月24日】读《学习型企业文化与企业竞争力研究》。
晚上同董学武、杜振波、姬光明等用餐。

【1月25日】于成武来访。
中午同于成武、胡景春、李浩、刘泉水、徐忠等用餐。晚上同王兴辉、巴新福、刘建力等用餐。

【1月26日】调度下周的工作。构思上次DBA作业论文。
下午对科以下人员进行考核。

【1月27日–28日】清扫卫生两天。
读《子夜》和《啼笑姻缘》两部小说。

【1月29日】调度本周工作。清扫卫生。
为去澳门DBA学习作准备，把《潮起潮落》稿子交给交通

文艺广播电台，适时广播。

【1月30日】参加全市廉政大会。

中午同焦耐芳、郝永勃用餐，探讨《潮起潮落》电视剧事宜。

【1月31日】早上8点出发，9点到济南机场，10点乘飞机。12:30到达广州，15:30达到珠海，住友谊宾馆。晚上买书6本，方便面4包。

【2月1日】早7:30起床，泡方便面。8:40赶到澳科大。此次为人力资源管理专题，主讲人是山东大学管理学院丁荣贵教授。

山大是我的母校，见到丁教授，很亲切，他是DBA上课老师中讲得比较好的老师之一。

晚上写随笔一篇。

【2月2日】早7点起床，泡方便面。8:30到学校，继续听丁荣贵教授讲课。丁教授在山大是讲项目管理的，是全国有名的项目管理学科专家。课间同丁教授交流。晚8:30回到珠海，写随笔一篇。

【2月3日】早7:30起床，泡方便面。8:40到学校，继续听丁荣贵教授讲课。请丁教授当我的DBA论文导师。晚8:30返回，读《旅游学概论》，准备写一部旅游伦理的专著。

【2月4日】早7点起床，泡方便面。8:50到校，继续听丁荣贵教授讲课。11:40到珠海，下午3点到深圳，5点乘飞机到济南，7:45到济南，9点回家。

收到2007年3月份上课通知及日程表：

澳门科技大学
11 月份上课日程表（0509 级 DBA-B 班）

日期	时间	活动名称	场地	科目名称	授课教授
3月15日 (星期四)	上午 09:00-13:00	上课	B501		
	中午 13:00-14:30	午餐			
	下午 14:30-18:30	上课	B501		
3月16日 (星期五)	上午 09:00-13:00	上课	B501		
	中午 13:00-14:30	午餐		公司文化 专题	刘廷扬 教授
	下午 14:30-18:30	上课	B501		
3月17日 (星期六)	上午 09:00-12:30	上课	B501		
	中午 12:30-14:30	午餐			
	下午 14:30-18:30	上课	B501		
3月18日 (星期日)	上午 09:00-13:00	上课	B501		
	中午 13:00-14:30	午餐			
	下午 14:30-18:30	上课	B501		

【2月5日】 迎接市考核组，对部班子进行考核，准备材料。收到翟纯生先生的摄影集。晚上同庆文、贡平、传斗、姜岩用餐。

【2月6日】 参加市考核组对班子进行考核的会议。

晚上给新法、守君接风。

【2月7日】 看几篇硕博论文，为 DBA 论文作准备。

同理工大学王学真、吕传毅副校长、张子礼院长用餐。王学真校长建议我今年开始带企业管理硕士生。

【2月8日】 读小说《子夜》。中午同卜德兰在邢氏海参馆用餐。晚上同张守君、毕建国等在长城用餐。

【2月9日】 中午同乃翠、子森、敬福等用餐。

收《山东理工大学学报》1/2007，发表了王杰、张友谊对我的《社会资本与新农村建设研究》的书评。

进行机关科及科以下人员考核。

晚上同孟兆为、尹玉吉等在长城用餐，讨论我的 DBA 论文开题报告。

【2月10日–11日】清扫卫生。

11日看《应用统计学》一书。

读《新唐诗300首》一书。

【2月12日】周一去济南省委宣传部、省林业厅、广电厅等走访。下午参加机关工委党代表会议，81名机关领导被选为党代表会议代表。同文联十一个协会负责人用餐。

【2月13日】上午参加部班子民主生活会。下午参加文联班子民主生活会。晚上同粮食局班子用餐。

我的长篇小说《潮起潮落》在《齐风》第一期刊出1、2章。共3万余字，收到《齐风》20本。

中午先接待济南市委宣传部何处长一行，后同郝永勃、焦耐芳、任宝忠在福口居用餐。收到任宝忠的画《梅花香自苦寒来》。

【2月14日】走访老干部盛部长、徐部长、张部长。

中午同财政局张翠莲等用餐。晚上岳长志书记同部里副县级以上人员用餐。

【2月15日】中午长城宾馆接待孙立新部长。读《子夜》。

【2月16日】回临朐老家看望父母，下午返回。

【2月17日】上午拜见邹大民书记。中午回家同夫人清理卫生。

【2月18日】 春节，上午接待客人，下午开始写长篇小说《花开花落》。今年的写作计划是6月前写完长篇小说《花开花落》，7至11月写完《旅游伦理学》，同时初步完成博士论文写作，另写一部中篇小说，3至5篇哲学、管理学方面的论文。

【2月19日】 去博山看望岳母，下午返回。写作《花开花落》。

【2月20日－24日】 接待客人，写完长篇小说《花开花落》第一章，大约有2.5万字。

【2月25日】 春节后第一天上班，中午先参加领导干部大会，推荐市长。同段铭云、孙庆远、刘伟等用餐，后同文联全体人员用餐，晚上同分管的科室用餐。

【2月26日】 中午同高峰岭、张建祥等用餐。晚上参加岳长志书记召集的活动。

写长篇小说两千余字。

准备DBA上次上课《人力资源管理》的作业论文。

【2月27日－28日】 准备DBA上次的人力资源课的作业论文：《简论社会资本在人力资源开发中的作用》。

思考DBA博士论文的开题报告。

《山东文学》副主编许晨来电，我的长篇小说《潮起潮落》在《山东文学》第四期上选载了一部分。

【3月1日】 撰写完作业《简论社会资本在人力资源开发中的作用》一文，六千余字。

把长篇小说《潮起潮落》第3至4章交给沈琪，在《齐风》2/2007期上用。

【3月2日】准备明天去南京事宜。调度下周工作。

布置申报全省的精品工程评选事宜。

【3月3日–4日】3日出发去南京，送儿子上学，下午3点到南京。

4日早上8:30返回，下午3点到博山，来回的路上看完张恨水长篇小说《啼笑姻缘》。

看《小说选刊》短篇小说3部。

4日晚上在博山参加区委区政府举办的烟火晚会。

【3月5日】上午参加部长办公会议，研究机关人员考核的等次问题及近期工作。中午同先彧、士鹏、长顺等用餐。

【3月6日】准备博士论文的开题报告。

下午参加全市领导干部大会。

【3月7日】中午同作家诗人杨克和、杨玉秦、宋长春和王胜用餐。晚上部长们陪本部女士用餐，庆三八节。

【3月8日】准备DBA人力资源课程的作业论文。准备博士论文计划书。晚上看电视《滇西往事》，觉得这部剧编得一般。

【3月9日】继续撰写DBA人力资源管理的作业论文。撰写博士论文计划书。

晚上同张安杰、曹庆文、任传斗、邹青山、王振华、王胜等一起用餐。

【3月10日–11日】集中撰写博士论文计划书，共写一万八千余字。

【3月12日】集中打印修改计划书。

调度全国五个一精品工程评奖审报事宜。

【3月13日】 修改《简论社会资本在人力资源开发中的作用》一文和《企业社会资本与竞争力相关性研究（计划书）》。交干部科打印。

【3月14日】早上7:30从张店出发，一小时后到济南机场，在机场读《我的名字叫红》，10点乘机，12:30到达广州。后乘大巴到珠海，16点到友谊宾馆。

晚上先到书店买书如下：1.《现代旅游礼仪》，2.《结构与认识》，3.《旅游心理学》，4.《实践论哲学导论》，5.《旅游心理学基础》，6.《旅游接待礼仪》，7.《王安忆导修报告》，8.贺京雍小说三部《良心》《天眼》《后土》。

晚上写长篇小说《花开花落》三千字。

【3月15日】 早上6点起床，用餐后9点到澳科大，交上上次课程的作业论文，本讲为台湾高雄市师大刘延扬讲企业文化，讲得很好。晚上6点回到珠海友谊宾馆，饭后先到文华书城，回来后写长篇小说《花开花落》三千余字。

【3月16日】 早上6:30起床，泡方便面。9点到学校，继续听刘老师讲课。课间同刘老师交流，晚8:30回到珠海。晚上读《我的名字叫红》。

【3月17日】 早上6:30起床，泡方便面。9点到学校，继续听刘延扬老师讲课，刘老师的讲课很有些美国大学里老师讲课的样子。课中和刘老师进行了交流。晚8:30回到珠海。晚上读《王安忆导修报告》。

【3月18日】 早上6:30起床，泡方便面。8:40到学校，听课。11:40到珠海，后去深圳机场。下午3点乘机。路上看长篇小说《我的名字叫红》，晚上5:20到济南。6:20到张店，张安

杰、杨玉秦等在长城饭店一起用餐。

【3月19日】 早上上班，调度本周工作，一是全国精品工程评选申报事宜，二是公务员登记。

【3月20日】 中午同王树槐、崔振德、宋元爱等在征兵接待处用餐。晚上写长篇小说二千余字。

准备接待烟台宣传部曲波一行。

【3月21日】 调度精品工程评选事宜。

晚上接待烟台宣传部曲波等。

收到一批网上订书如下：1.《传播伦理学》，陈汝东著，北大出版社。2.《管理伦理学纲要》，唐凯麟，龚天平著，湖南人民出版社。3.《公共管理伦理学》，张康之著，中国人民大学出版社。4.《法学伦理学》，黑龙江人民出版社。5.《公关伦理学》，熊卫平著，浙江大学出版社。6.《人格之境——类伦理学引论》余潇枫、张彦著，浙江大学出版社。

【3月22日】 中午在周村陪曲波，坤山、振波等陪同。晚上在长城接待孙家财、高延民、陈维茂、房利军、张俊清、韩祥才、崔德胜等。

收到晓明从北京寄来的书。

【3月23日】 上午参加全省见义勇为表彰大会。中午同自牧、刘健、培志用餐。

收到自牧赠书：1.《潜庐藏书纪事》，书中有介绍我及我的作品的一篇评论。2.《黄酒》。

【3月24日–25日】 写长篇小说两天，得一万余字，总感觉第二部也不好写。

25日中午在开发区工商接待处接待自牧一行，克和、志超等参加。

【3月26日】周一召集分管科室负责人，议近期工作。

自牧来电，长篇小说《潮起潮落》开始排版。

【3月27日-31日】参加市第十次党代会。

29至30日晚上写长篇小说六千余字。

31日被选为市纪委委员。

31日下午接待山东省作协毕四海主席，任传斗、孙方之、刘维寰等参加。

【4月1日】校对长篇小说《潮起潮落》一天。

下午写长篇小说四千余字。

看审计述职报告。

【4月2日】上午去市粮食局作审计述职报告。下午校对长篇小说。中午同丛锡钢、胡林等在一起用餐。晚上宣传部新任部长郭利民同刘星泰、岳长志、曹家才等用餐，宣传部副县级以上的人员在淄博宾馆陪同用餐。

收到澳科大上课通知及日程表：

0509级DBA同学：

兹通知台端有关4月份论文辅导事宜，具体安排如下：

上课日期： 4月19—22日

时　间： 见附件

科　目： 论文开题辅导课程

辅导老师： 汤宏谅教授

若未能如期来澳上课，请务必向研究生院提交书面申请。

澳门科技大学研究生院

2007年4月2日

附件：2007年4月份论文辅导日程表

澳门科技大学
2007年4月份0509DBA论文辅导日程表

日期	时间	活动名称	场地	科目名称	授课教授
4月19日 (星期四)	上午 09:30–13:00	资料搜集	C座教学楼	论文开题辅导课程	汤宏谅教授
	中午 13:00–14:30	午餐			
	下午 14:30–18:00	资料搜集	C座教学楼		
4月20日 (星期五)	上午 09:30–12:30	上课	B501		
	中午 12:30–14:30	午餐			
	下午 14:30–18:30	上课	B501		
4月21日 (星期六)	上午 09:30–13:00	资料搜集	C座教学楼		
	中午 13:00–14:30	午餐			
	下午 14:30–18:30	资料搜集	C座教学楼		
4月22日 (星期日)	上午 09:00–13:00	资料搜集	C座教学楼		
	中午 13:00–14:30	午餐			
	下午 14:30–18:30	资料搜集	C座教学楼		

【4月3日】调度本周工作。校对长篇小说《潮起潮落》。

【4月4日】二姨、三姨从临朐来，中午在长城用餐。后又去周村用餐，见自牧、方之、继训等。晚上同段福兴、吕传毅、孟兆为用餐，一是议我的博士论文题目，二是由段院长聘我为管理学院硕导。

【4月5日】上午10点去济南，把我的长篇小说校对稿捎给自牧。中午道敏来济，同自牧、道敏一起涮羊肉。

收到网上订书如下：1.《旅游烹饪职业道德》，刘彤主编。2.《旅游心理学》，刘纯编著。3.《旅游职业道德概论》，马勇龙主编。4.《责任》，金安著。5.《自由意志与职业道德》，徐向东编。订这些书为 6 至 9 月份撰写《旅游伦理学纲要》作准备。

【4 月 6 日】 中午同孙立新、周成国、国先彧、宗俊海、胡春景等在金太阳大酒店用餐。晚上同王浩、徐德征等一起用餐。

读完小说《我的名字叫红》。

【4 月 7 日】 调研分管工作。晚上政法委陈家金书记同宣传部班子在淄博饭店用餐。写长篇小说两千余字。

【4 月 8 日】 全天写长篇小说七千余字。下午 4 点同夫人去植物园照相游园，照相 60 余张。

【4 月 9 日】 上午先调度本周工作，后接待潍坊市委宣传部孙部长一行。中午在丽景苑用餐，下午参观天鸿书业。晚上市政协冯梦令、高峰岭、张建祥、王同和、尚秋云、李先坤、于秀栋同宣传部班子用餐。

【4 月 10 日】 中午在大青树同高峰岭、张建祥、于秀栋、张守君用餐。晚上同曹庆文及市京剧院的班子用餐。

马广海、赵炳新教授来电，丁荣贵教授已确定做我的 DBA 论文导师。

【4 月 11 日】 上午参加加强廉政教育，构建社会和谐主题教育活动动员会，赵启全讲话，组织部曹家才讲话，我代表宣传部讲话。下午参加全市文化工作会议。下午 3 点去济南，5:30 在上岛咖啡见丁荣贵教授，他同意我的博士论文题目，认为很好，边吃边谈，并在我的论文题目承报表上签字。6:30 离开济南，7:30 到达嘉周大酒店。市卫生局班子同宣传部班子一起用餐。

【4 月 12 日】 向郭部长汇报四项工作：1. 召开市文联全委会事宜。2. 援藏干部报名选拔事宜。3. 全市宣传干部培训班筹备

情况。4.市文化局一名干部的任免问题。

【4月13日】 准备下周一的全市宣传干部培训班事宜。准备下周去澳门的作业论文。中午同市联通公司领导在一起用餐，刘建立陪同。下午向郭局长汇报下周一全市宣传干部培训班及文联全委会事宜，后同宗俊海一起向侯法生副书记汇报。晚上市体育局翟慎政等班子成员同宣传部班子成员用餐。

【4月14日】 写长篇小说一天，得六千余字。

【4月15日】 上午、下午写长篇小说，写完第三章。晚上准备明天下午在全市宣传部培训上的讲课提纲《关于全市文化建设的几个问题》。

【4月16日】 全市宣传干部培训班在鲁中宾馆开学。我主持，新法作动员，后建伟讲课。上午10点–11点回到办公室，理工大段福兴院长介绍一个硕士研究生赵家圆，让我面试、面谈半小时，给段院长回话："不错，我愿意带这个学生！"中午征兵接待处新法、建伟一起用餐。

带研究生是个好事情。带学生是个双方学习成长的过程。

下午我讲课。

【4月17日】 市文联全委会召开，我主持，俊海作报告，最后郭利民部长讲话，中午在鲁中宾馆用餐。晚上在征兵接待处同长江等用餐。

【4月18日】 早上6:30去济南，9点乘机去广州，11:30到广州，12点乘大巴去珠海，14:30到达珠海，路上看中篇小说《五妹妹的女儿房》。到珠海后先住友谊宾馆，后过海关去澳门科技大学图书馆，晚上回来后买书：1.《2006文学中国》，长城出版社，林宽治、章德宁主编。2.《小说叙事研究》，格非著，清华

大学出版社。3.《语言的方程》，人民大学出版社。4.《小说例话》，周振甫，中国青年出版社。5.《虚土》，刘程亮著，春风文艺出版社。6.《论领导责任》，蔡仕星著，人民出版社。7.《服务论》，高苏著，中国旅游出版社。8.《领导干部竞争上岗演讲辞精选》，燕继荣、王水主编，上海三联书店。

【4月19日】 早上6:30起床，泡方便面。8:40到学校，在图书馆搜集资料，交上研究方法专题作业论文，把DBA论文题目呈报表交给研究生院。晚上回珠海，写长篇小说一小节，三千余字。

【4月20日】 早上6:30起床，泡方便面。8:40到学校，汤宏谅院长讲开题报告的写作问题。下午回珠海，写长篇小说2节五千余字。

【4月21日】 早上6:30起床，泡方便面。9点到学校。在学校图书馆搜集资料，同汤老师探讨论文写作问题。中午回珠海。12:30到深圳，下午2:30乘飞机到济南，5点到达，后去自牧处，见到已排好长篇小说《潮起潮落》样稿，晚上在大庆炒鸡店用餐，培志等参加。捎回我的长篇小说《潮起潮落》进行校对。

自牧赠书《尚宽集》，里面第一篇是他给我的《七泉村日谱》的序言。从深圳到济的路上读《王安忆导修报告》中的两部中篇小说《带个男朋友回家过年》和《城市生活》。

【4月22日】 上午、下午、晚上写长篇小说八千余字。

【4月23日】 周一上班，调度本周工作，安排干部科和机关总支就今年机关党的建设提出具体意见。

晚上同李浩、宋道胜等一起用餐。

【4月24日】向郭部长汇报全市"五个一"工程评选工作进展情况以及最近的工作打算。

岳可平校对完我的小说，中午赶到济南，把小说校对稿送给自牧，同自牧谈了出版的一些想法。

【4月25日】陪郭部长视察世纪天鸿书业公司，中午在嘉州大酒店用餐，后去知味斋陪成锡钶等。

晚上先参加高晓峰儿子婚宴，后去东知味斋参加部班子同教育局班子的晚宴。

【4月26日】王宝霞从京来电，汇报精品工程进展情况，有很大收获。张安杰的书以及《云翠仙》等都可以联合推荐，这样，一共联合推荐五件作品。同俊海一起同庆文、树民、子森、建博等用餐，喝两杯后去济南。

【4月27日】上午参加全省文联工作会议及作协会议。中午用餐后到自牧处看长篇小说印刷前的校对稿，定印数、版式、封面等。下午西军来，晚上在长城饭店用餐，俊海、东宏等参加。

【4月28日】中午在广电局同西军用餐，兆金、李一等参加。调度机关党建设工作，同凡龙、春水研究机关党建工作。

【4月29日】调度落实机关人员工资调整准备情况。

中午张安杰、杨玉秦、郝永勃、焦耐芳等作家在长城饭店用餐。晚上陪郭部长同部里二十一名团员青年用餐，庆祝五四青年节。

【4月30日】收到南京炮兵学院伏健章来电，谈近期创作工作。晚上同焦耐芳、郝永勃、张伟用餐，庆五一节。焦耐芳《为健康作主》将由科学出版社近日出版，邀我写序，打算五一节期间写完。

【5月1日】写长篇小说六千余字。下午 5:30 起到山东大学同丁荣贵老师、朱昶晓同学、耿新等讨论博士论文题目问题。

【5月2日】上午写长篇小说两千余字。中午同劳动部同学郎新洲用餐，同时议在博山建立离退休人员公寓问题。

【5月3日】上午同夫人、儿子去看望岳母，中午到淋漓湖同房利军用餐，任飞跃去济南拉我的长篇小说《潮起潮落》，下午归。印得还可以，这是我的第一部长篇小说。下午同房利军谈起建离退休人员公寓事宜，同意近期同新洲议一下。

【5月4日】上午同夫人、儿子去齐赛电脑城买电脑。中午在金禾用餐。不知为什么，脚痛得厉害。下午、晚上写长篇小说五千余字。

【5月5日】脚更痛，到社区医院打吊针。
下午、晚上写长篇小说五千余字。下午 5:40 夫人去车站送儿子回南京炮兵学院，捎我的长篇小说等四部新著和顾亚龙的字给伏政委。

【5月6日】上午打针。下午、晚上写长篇小说五千余字，写完第四章，进展顺利，大概在 5 月底或 6 月上旬可写完。
开始构思明年的环保长篇小说《绿逝》。
晚上读焦耐芳的《为健康作主》，准备明日为其写一篇序言。
研究节日后的股市走向及有关个股。

【5月7日】上午打针，下午晚上写长篇小说五千余字。
晚上为焦耐芳所著《为健康作主》写序言，两千余字。

【5月8日】上午上班，调度精品工程评选、干部等工作。把给焦耐芳写的序用电邮发给了他。中午打针，下午晚上写长篇小说四千余字。

脚好得太慢，又酸又疼。

【5月9日】 早饭后先到社区医院开药继续打针。10:30 到机关。调度精品工程评选等活动。下午在家休息，脚依然疼，晚上写长篇小说三千余字。

【5月10日】 先打针。后去办公室，调度精品工程评选等工作。晚上写长篇小说三千余字。

【5月11日】 大雨，先去打针。11 点去开发区田氏医院，医务室张志刚主任看脚拍片子，无大碍。下午、晚上写长篇小说四千余字。

收到澳科大张滢发来的电邮：1. 汤院长批改的作业；2. 关于内地学生注册事宜。

【5月12日】 上午参加部长办公会议，讨论刘书记讲话精神的贯彻。下午打针，后构思长篇小说第六章。晚上到周村看望参加传斗小说讨论会的北京专家，同雷达、吴秉杰、石一宁等用餐。

【5月13日】 上午9点任传斗小说讨论会举行，8:40 先照相，后讨论。雷达、吴秉杰、贺绍俊、石一宁、毕四海、刘玉堂、苗长水、吴义勤、谭好哲、杨守森、李掖平、许晨、刘新沂、自牧、刘君等参加并发言。会上我代表宣传部和文联致辞。中午用餐，赠我的长篇小说《潮起潮落》13 本。晚上在长城饭店陪苗长水用餐，克和、永勃、安杰陪同。

【5月14日】 周一调度本周工作。

早上先参加市考核办的一个会。后回来向郭部长汇报有关干部事宜。中午同新华书店陈兴国等用餐。下午脚又疼得厉害，在家休息，晚上写长篇小说三千余字。

【5月15日】调度全市精品工程评选事宜。

脚又痛得厉害，俊海拿中药三副，晚上贴在脚上。

下午召集全市区县文联主席、市各协会主席会议，传达省文联、作协会议精神，俊海主持，我讲话。

【5月16日】中午接待省文联副主席、省书协主席张业法先生。

晚上写长篇小说两千余字。

【5月17日】调度精品工程情况。

向郭部长汇报三件事：一是新华书店的班子。二是关于建立淄博市网络办事宜，建议为副县级事业单位，编制7至9人。三是机关党委的表彰事宜。

晚上写长篇小说两千余字。

【5月18日】调度下周工作。

下午3点到济南历山剧院参加全省首届农民文化艺术节表彰会，会上淄博受表彰的有四金六银八铜，期间，到自牧处捎回小说《潮起潮落》九包。

【5月19日】10点主持中央美院周盛荣"冰雪墨竹"展。郭利民、王延山、薛安胜、赵新法等出席开幕式。中午在石蛤蟆用餐。晚上写长篇小说三千余字。脚依然痛。

【5月20日】上午、中午、晚上写长篇小说九千余字。

脚依然不太好，贴中药。

【5月21日】上午9点参加部长办公例会，汇报本周工作安排。

调度精品工程评选。调度全市文化事业产业发展问题。

去中心医院看脚，原来是痛风。

晚上写长篇小说三千余字。

收到澳科大发来的上课通知：

0509 级 DBA 同学:

兹通知台端有关 6 月份论文研讨事宜，具体安排如下：

上课日期: 6 月 14—17 日

上课时间: 见附件

课程名称: 论文研讨（一）

若未能如期来澳上课，请务必向研究生院提交书面申请。

澳门科技大学研究生院

2007 年 5 月 21 日

附件: **2007 年 6 月份论文研讨日程表**

澳门科技大学

2007 年 6 月份 0509 级 DBA 论文研讨日程表

日期	时间	活动名称	场地	科目名称
6月14日 (星期四)	上午 10:00–13:00	研讨	B501	
	中午 13:00–14:30	午餐		
	下午 14:30–17:30	研讨	B501	
6月15日 (星期五)	上午 09:30–13:00	资料搜集	C座教学楼	论文研讨 （一）
	中午 13:00–14:30	午餐		
	下午 14:30–18:30	资料搜集	C座教学楼	
6月16日 (星期六)	上午 09:30–12:30	资料搜集	C座教学楼	
	中午 12:30–14:30	午餐		
	下午 14:30–18:30	资料搜集	C座教学楼	
6月17日 (星期日)	上午 03:00–13:00	资料搜集	C座教学楼	
	中午 13:00–14:30	午餐		
	下午 14:30–18:30	资料搜集	C座教学楼	

【5月22日】调度机关党建及争创文明机关活动。

中午同成武、延科、李健、金英、贵东、家祯等在长城饭店用餐。晚上写长篇小说四千余字。

【5月23日】 中午同文化局赵书慧、宓传庆、李玉福等用餐。下午给范咏戈、雷达、吴秉杰、石一宁、汤宏谅、王兆山、李贯通、房义经、吴义勤赠我的散文选和长篇小说《潮起潮落》。晚上写长篇小说三千余字。

收到澳科大发来的通知：

同学：

你好！

为解决05级内地同学在澳学习天数不够的问题，本院现决定每月统一发出一次内容为论文研讨的上课通知，该类课程不设导师、不计算出席率，同学可自由选择是否参加，希望有需要增加在澳逗留天数的同学能依时出席，有关详情见附件。

若有任何疑问，敬请联络本人。

张滢（Rita） 澳门科技大学研究生院

【5月24日】调度全国五个一及省精品工程评选申报工作。参加全市创城大会及宣传部长会议。晚上写长篇小说三千余字。

【5月25日】 安排《旱码头》审片审报和接待宁夏文化考察团来访事宜。晚上写长篇小说三千余字。

【5月26日】 在周村参加《旱码头》审片会，岳长志、郑峰等领导参加。唐敬睿、张鲁杰等参加。下午张宏森从北京赶到周村，参加审片。

【5月27日】 写长篇小说，共写一万三千余字。

【5月28日】 先参加部长办公例会。后到淄川陪同宁夏文化考察团一行。中午在鲁中宾馆用餐。晚上写长篇小说五千余字。

【5月29日】 去北京，见中宣传部李小红等，谈五个一作品评选。中午晚上同刘琅、郎新洲等用餐，同电台、市五音剧院孙强、吕凤琴等用餐。

【5月30日】 中午先到天津同段华、自牧、徐明祥、宗俊海、刘宗武看望王学仲。晚上到济自牧处用晚餐，9:30到张店。

收到澳科大的信：

> **你好！**
>
> 本院计划于6月底举行一次DBA05级论文开题报告会，敬请将你已根据"研究方法专题"作业的审批意见修改好的论文开题报告于6月5日前交至研究生院，以便安排，多谢合作。
>
> 如有任何查询，敬请与本人联系。
>
> 张滢（Rita）澳门科技大学研究生院

【5月31日】 市委组织部到部里推荐三名干部。整理修改我的DBA开题报告。《淄博晚报》刊登我为焦耐芳的《为健康作主》写的序言《超越自我，才能走得更远》。

长篇小说《花开花落》初稿写完，大约有二十万字。

【6月1日】 上午参加部长办公会，主要研究典型宣传，文化产业发展及有关问题。下午去济南见耿新，就我的DBA开题报告进行了交谈。晚上同培志、仇瑛、刘坚、耿新等用餐，9:30返回。

淄博晚报刊登著名作家韩青写的我的长篇小说《潮起潮落》的评论，题目是《情缘神奇，喜爱久长》。

【6月2日–3日】 准备DBA开题报告。准备《旅游伦理学纲要》的写作。

【6月4日】 上午同韩青谈小说创作问题。中午同韩青、庆文、俊海、玉福等用餐。下午参加部长办公例会。收到《时代文学》主编李广鼎寄来的《时代文学》第二期及信件。晚上开始写《旅游伦理学纲要》。

【6月5日】 准备DBA开题报告。收到郎新洲发来的关于建

造老年人公寓等文件材料。调度全国五个一工程评选中淄博上报的几个作品的进展情况。

【6月6日】 研究分析上报省精品工程的作品和机关党建的问题。

结婚纪念日，晚上同夫人庆祝。

同张安杰讨论其作品《大铁像》上报全国五个一的进度和下步的打算。

【6月7日】 写作整理《旅游伦理学纲要》。

下午到房利军处，把建老年人公寓的材料交给房利军研究。

后到区委组织部同周茂松等一起用餐。

【6月8日】 上午参加全市非物质文化遗产成果展。下午参加部长办公会议，讨论今年的省精品申报问题，内有我的长篇小说《潮起潮落》。晚上宣传部班子同计委班子用餐。

收到于晓明寄来的《书脉》杂志，里面有柳原评我散文的文章。

【6月9日–10日】 整理DBA开题报告。整理写作《旅游伦理学纲要》。

【6月11日】 参加部长办公例会。准备去北京协调上报的五个一作品问题。购买去澳科大学习的机票，准备DBA开题报告等。

给澳科大张滢去信：

张老师：

您好！

现把我的博士论文开题报告修改稿发过去，请查收。

山东学生：张洪兴

【6月12日】 上午先到省委宣传部，报送参评作品。下午赶到北京，同中宣部、广电总局等有关部门联系，调研五个一参评作品进展情况。晚上同孙立新在北京军区招待所用餐。

【6月13日】 从北京到广州，后到珠海。住友谊宾馆，购买四包方便面，六瓶矿泉水。去书店买书四部。

【6月14日】 到澳科大，交上开题报告，到图书馆查找相关资料。撰写中篇小说《寻找》，写八千余字。

《淄博日报》刊登徐德征撰写的我的小说《潮起潮落》的评论，题目是《一曲委婉美丽的爱情讴歌》。

收到澳科大发来的信。

张洪兴同学：

你好!

你的开题报告已收到，但题目与你当初申请之题目有所不同。根据本院的行政规定，凡论文题目有任何变更，必须提交一份论文题目申请信，进行审批。敬请以电邮或传真方式尽快提交，谢谢!

另外，本院现只收到你的一份开题报告，若你的开题报告可以参加开题报告会，本院将通知你再补交三份，敬请留意，谢谢!

如有任何问题，请尽快与本人联络。

张滢（Rita）澳门科技大学研究生院

【6月15日】 早上6:30起床，8点过海关，8:40到学校。同老师商讨论文写作事宜。后到澳科大图书馆研究论文资料。

晚上读格非著《小说叙事研究》。

【6月16日】 早上6:30起床，泡方便面一包。8点过海关，8:40到学校图书馆查找论文资料。11:40赶回珠海，后去深圳，下午3点乘机，5:20到济南，7点赶回淄博。

路上读《小说叙事研究》。

【6月17日】 早上7点去南京，晚上和夫人、儿子一起同伏健章政委，王友高队长用餐。后返回，晚上2点赶回淄博。

【6月18日】 上午参加部长办公例会。晚上撰写《旅游伦理学纲要》。

给澳科大研究生院发去我的申请：

申　请

研究生院：

　　我是0509级DBA的学生，原来申报的论文题目为《企业社会资本与竞争力相关性研究》，按照汤院长在作业上提出的要求和论文指导老师的意见，现申请改为：《民营企业家社会资本与企业核心竞争力关系研究》。

申请人：张洪兴

2007年6月18日

【6月19日】 中午同凡龙等在一起用餐。下午郭利民部长到文联调研，晚上在长城宾馆用餐。

【6月20日】 上午收到澳科大研究生院张滢的信：

张洪兴同学：

　　你好！

　　你的论文题目修改申请信已收到，特此告知。

张滢（Rita）澳门科技大学研究生院

日期：2007年6月20日

下午又收到张滢老师的信。

同学:

　　你好!

　　凡已开题的同学,敬请于6月30日前提交论文开题报告(一式三份繁体版),并附上论文开题报告推荐表一份(需附有指导老师签署),谢谢。

　　如有任何问题,请尽快与本人联络。

　　　　　　　　　张滢(Rita)澳门科技大学研究生院

　　到北京协调五个一工程淄博报的作品情况,先在火车站同段华用餐,段华建议我抓紧写《绿逝》,明年参评全国关注森林文艺奖评选。晚上见张宏森。

　　【6月21日】见几个五个一工程奖评委。午饭后,离开北京,晚上7点到淄博,路上看完《子夜》。

　　【6月22日】上午调度参评全市省精品工程评选的作品进度。晚上接待两位台湾DBA班的同学。

　　《大众日报》发表徐德征撰写的我的长篇小说的评论。

　　【6月23日】接待两位台湾DBA班的同学。到淄博化工厂、淄博工业玻瓷厂考核,定设备两台。

　　下午到博山陪两位同学考察陶瓷。晚上到长城宾馆,张安杰安排用餐。

　　【6月24日】上午收听山东省第九次党代会报告实况。下午晚上撰写《旅游伦理学纲要》。

　　【6月25日】上午参加部长例会。下午晚上整理修改DBA开题报告。

　　【6月26日】调度五个一工程参评作品进展。

　　召集中层干部会议:传达市委组织部公开选拔副县级干部及

副县级干部后备人选的文件精神。

【6月27日】 主持部机关公开选拔副县级干部后备人选定向推荐会议。

撰写《旅游伦理学纲要》。

【6月28日】 参加机关创建文明机关动员会议，郭部长作动员报告。晚上写《旅游伦理学纲要》。

【6月29日】 调度五个一工程参评作品进度情况。

晚上部班子同劳动局赵荣生等用餐。

收到《理论学刊》6/2007期，上有我的论文《论生活力与生活关系》，寄去一年多才发表出来，但文章仍有新意。

【6月30日】 去济南，同宋伯宁一家用餐。

下午夫人去银座，后去自牧处，收到自牧最近的《日记杂志》。晚上，同自牧、刘健、博瀚、明祥等用餐。

【7月1日】 写中篇小说《寻找》四千余字。

【7月2日】 上午参加部长办公例会。下午和象斌一起向郭部长汇报本部机关干部事宜。

收到《山东文学》第6期，上有我的长篇小说《花开花落》的选载。

【7月3日】 调度五个一工程及山东省精品工程淄博作品进展情况。中午同新华书店陈兴国等用餐。买书8本。晚上撰写《旅游伦理学纲要》。

【7月4日】 调度五个一工程评选情况以及省精品工程淄博作品进展情况。晚上看电视《延安颂》，读刘恪著《现代小说技巧讲堂》一书。

【7月5日】 向郭部长汇报部里科级干部问题及同组织部沟通的情况。参加市委全委会议。中午同文教、干部科、机关总支给凡龙送行。晚上郭部长率班子同张店区班子在金五福用餐。

【7月6日】 上午同象斌向曹家才部长汇报部里中层调整的有关问题。下午修改DBA开题报告，读长篇小说《湖光山色》。晚上散步回来后看《延安颂》。

【7月7日】 上午参加全市暑期中小学生影视节活动并致辞。后去博山淋漓湖，同刘池水及夫人、韩大力、王树槐、徐磊、房利军等用餐。晚上回来看《延安颂》。

【7月8日】 全天写中篇小说五千余字。

【7月9日】 参加部长办公例会。中午同凡龙等用餐。
读《湖光山色》。

【7月10日】 看望树波，中午同新平、树波等用餐。
下午到理工大调研齐文化建设问题。

【7月11日】 参加全市文化建设调度会议。向郭部长汇报部里科级干部有关问题。部班子同军分区班子用餐。

【7月12日】 调度五个一工程评选和省精品评选工程参评作品进度情况。读《湖光山色》。

【7月13日】 上午参加常委扩大会议。下午参加部长办公会议。晚上撰写《旅游伦理学纲要》。

【7月14日】 回临朐老家看望父母。
晚上写《旅游伦理学纲要》。

【7月15日】 写中篇小说五千余字。晚上为俊海接风。

【7月16日】 安排市第二届十大社科理论专家评选事宜，并提出要求。安排齐文化研究开发及文化产业开发调研事宜。

中午同长顺、春景等用餐。

【7月17日】 主持第二届社科理论专家评选并致辞。

召集齐文化研究开发调查会议。

给澳科大张滢老师去信：

> **张老师：**
>
> 您好！
>
> 不知六月份我用快件寄去的开题报告收到没有。当时我的指导老师出国，开题报告的表格没有一同寄去，最近将寄去。祝暑期愉快。
>
> 0509级B班，张洪兴

收到澳科大张滢老师的信：

> **张洪兴同学：**
>
> 你好！
>
> 你的开题报告已收到并正在评审当中，特此告知。
>
> 张滢（Rita）澳门科技大学研究生院

【7月18日】 参加市文化产业发展调研调度会议。

构思长篇小说《绿逝》。

【7月19日】 到张店区调研齐文化及地域文化发展情况，听取了区委宣传部的汇报。

午饭后，考察区文化发展中心等企事业单位。

【7月20日】 到临淄调研文化开发问题，上午听取了区委宣传部的汇报。下午考察卓创资讯等企业。

【7月21日】 到博山看望岳母。午后见房利军。下午回到张店，晚上修改DBA开题报告，读《现代小说技巧讲堂》。

【7月22日】写中篇小说五千余字。

修改DBA开题报告，读《现代小说技巧讲堂》。

【7月23日】上班先向郭部长汇报近期几项工作。上午到淄川，下午到周村调研齐文化建设。

【7月24日】上午去桓台调研齐文化研究与开发。下午3点在广电会议室召集调研组，研究齐文化调查报告的写作。

【7月25日】上午到博山调研文化产业情况，下午去沂源调研。晚上返回张店。

【7月26日】上午参加全市庆八一迎十七大召开全市书画摄影展并致辞。下午到高青调研文化建设。

【7月27日】调度齐文化调研报告写作进度。

修改长篇小说《花开花落》。

【7月28日－29日】参加部里的登山活动，中午去沂源六一八台旅游基地，下午到鲁山宾馆住下，29日上午登鲁山，中午回到张店。晚上读《现代小说技巧讲堂》。

【7月30日】上午参加部长办公会议。下午调度文化调研报告的撰写情况。晚上班子同消防支队班子用餐。

【7月31日】修改齐文化调研报告。构思长篇小说《绿逝》。

【8月1日】修改齐文化调研报告。中午接待北京客人王宗云等。

【8月2日】同组织部沟通近期上报的中层干部问题。

修改齐文化调研报告。筹备文化统计工作会议。

【8月3日】 上午参加部长办公会议。晚上同春林、海德、刘伟、新城等用餐。

【8月4日】 同王宝霞、吴小辉去北京，住府右街宾馆。

晚上同郎新洲用餐，后同段华用餐。

【8月5日】 上午参加奥林匹克精神与儒文化论坛会议，下午返回张店。

【8月6日】 上午参加部长办公例会。

修改齐文化调研报告和文化产业调研报告。

【8月7日】 修改 DBA 开题报告。下午修改齐文化调研报告。

【8月8日】 齐文化调研报告修改完毕。

同丁荣贵老师联系，汇报开题报告事宜。

《山东文学》许晨副主编来电，要在第十期上选载我的长篇小说，让马上改完发过去。

【8月9日】 下午召集文化局李玉福、文物局刘忠进等讨论齐文化调研报告。

【8月10日】 去博山参加其廉政文化书画摄影展。

晚上再次修改齐文化调研报告。

【8月11日】 同夫人、儿子到长岛太和水岸。

晚上同利军、孙建博等用餐。

下午三点排队，四点钟上船，晚上 8:30 到家。晚上和第二天大雨。

【8月13日】 参加部长办公例会，讨论本周工作。

修改长篇小说《花开花落》。

【8月14日】 去博山参加全市廉政文化工作会议。

晚上修改长篇小说《花开花落》。

给澳科大张滢老师写信：

张老师：

　　您好！暑假愉快！上次寄开题报告时，没有寄开题报告推荐表，现寄去。谢谢！

　　　　　　　　　　　　　　　　　　0509B班，张洪兴

收到澳科大张滢老师的信：

张洪兴同学：

　　您好！

　　您的论文开题报告推荐表已收到，特此告知，谢谢。

　　祝　夏安！

　　　　　　　　　　张滢（Rita）澳门科技大学研究生院

【8月15日】 上午修改长篇小说。下午到济报到参加泉城幽默艺术周6+1会议。

给澳科大汤院长去信：

汤老师：

　　您好！

　　听了您的课收获很大。九月下旬山东有大型孔子公祭活动，规模空前。特邀您来看看，到时一定好好接待您。顺寄我的一本散文选，请指正。

　　　　　　　　　　　　　　　　　张洪兴，8月15日。

【8月16日】 修改长篇小说。参加泉城幽默艺术周城市间协调会。晚上同省委宣传部文艺处高玉生等用餐。

【8月17日】 修改长篇小说《花开花落》。

安排接待劳动部同学郎新洲等。

【8月18日】 在博山接待同学郎新洲等。主要是研究建设

离退休人员公寓问题。

上午 10:30 参加《警中英雄》开机仪式并致辞。在博山接待同学郎新洲等，研究建设离退休人员公寓问题。

【8月19日】修改《花开花落》。构思《绿逝》。

【8月20日】参加部长办公例会，研究本周工作。
研究修改 DBA 开题报告。

【8月21日】调度省精品工程参评作品进度。
对齐文化调研报告再修改。

【8月22日】调度省精品工程参评作品进度。
再次修改长篇小说《花开花落》部分章节。

【8月23日】准备机关文明建设的几项活动。
修改 DBA 开题报告。

【8月24日】调度省精品工程参评作品进度。
为儿子开学作准备。撰写《旅游伦理学纲要》。

【8月25日–26日】修改长篇小说《花开花落》。
读《现代小说技巧讲堂》一书。

【8月27日】参加部长办公例会后参加部长办公会，讨论部机关作风效能建设问题。撰写《旅游伦理学纲要》。

【8月28日】参加部机关作风效能建设会议。
读《管仲》一书。撰写《旅游伦理学纲要》。

【8月29日】调度省精品工程评选工作中淄博作品的进展。
读《管仲》。撰写《旅游伦理学纲要》。

【8月30日】准备文化工作调研，在前期基础上，决定再

进行一次详细调研。读《管仲》。

【8月31日】调度报省精品工程作品进展情况。

读《管仲》（电视剧本）李新泰等著。撰写《旅游伦理学纲要》。

【9月1日－2日】读完《管仲》（电视剧本）。

对长篇小说《花开花落》再次修改。

【9月3日】调度省精品工程淄博作品进展情况。

把长篇小说《花开花落》的一部分发给许晨主编，请他选用。

【9月4日】调度《警中英雄》拍摄进展，公安、武警、消防和广电局的领导参加。参加全市领导干部会议。

【9月5日】调度文化调查的进展。读长篇小说《管仲》。

参加全市领导干部现代科技发展报告会议。

【9月6日】调度精品工程进展。

把长篇小说《花开花落》的全文发给许晨先生。

【9月7日】上午同柴洪德、房利军去淄川见西国、东军等，协调福临门大酒店改造问题。

撰写《旅游伦理学纲要》。

【9月8日－9日】同房利军在长岛接待段华、何东风等。

段华鼻子出血。周六下午4:30到蓬莱。

周日陪段华、何东风看长岛风景，下午返回。

【9月10日】参加部长办公例会，郭部长去省委党校学习，新法主持。调度省精品工程淄博作品进展。调度文化产业调研情况。

机关人员听袁辉讲课。

【9月11日】 去济南，陪郭部长同省委宣传部王风胜、高玉升用餐。晚上返回。

【9月12日】 准备去澳门，进行 DBA 第三学年注册等。
调度文化产业调研报告的写作情况。

【9月13日】 去澳门，9点从济乘飞机。11:30到广州，15点到珠海，后去澳门，晚上返回珠海，晚上与同学同李涛等用餐。

【9月14日】 去澳门科大注册。读《齐桓公》。
晚上同李涛、林胜利等用餐。

【9月15日】 从澳门返回。读完《齐桓公》。

【9月16日】 读《旅游心理学》、《风流宰相管仲》。
去博山参加孝文化旅游节。

【9月17日】 参加部长办公例会。调度精品工程进展情况。

【9月18日】 参加部机关文明建设交流会议。
调度齐文化建设调研报告进度。

【9月19日】 参加全国文物普查电视电话会议。
调度首届蒲松龄短篇小说奖颁奖晚会事宜。

【9月20日】 下午接待陈建功、陈忠实、叶弥、卢金地、自牧、王风胜、苗长水、李传瑞、高玉升等。参加首届蒲松龄短篇小说颁奖晚会，接待并观看晚会，并为第一组卢金地林斤澜开奖。

【9月21日】中午赶到淄川陪陈忠实、自牧一行。

陈忠实给我题斋名《六然堂》。

【9月22日–23日】去北京，见段华。

高速公路收费站堵车约为3小时左右。23日返回张店。

【9月24日】参加部长办公例会。

撰写《旅游伦理学纲要》。

【9月25日】在济南参加省院团改革会议，中午在济南同克俭、友谊、王杰在大众日报新闻大厦用餐。

撰写《旅游伦理学纲要》。

【9月26日】调度省精品工程评选淄博作品情况。

读完《齐桓公》，又读《风流宰相管仲》一书。

【9月27日】议机关文明建设下周的活动及明日的歌咏比赛。

读《风流宰相管仲》一书。撰写《旅游伦理学纲要》。

【9月28日】下午3点到济南泉城大酒店开会，济南国际幽默周6+1协调会。5:30回到张店，晚7点参加机关歌咏比赛。

【9月29日】省精品工程进展调度，文艺类三项作品均入围。

读《风流宰相管仲》。

【9月30日】上午读《风流宰相管仲》。中午同俊海、先彧、光明等用餐。

【10月8日】参加部长例会，本周的几项主要工作：调度精品工程进展情况；五个一汇报演出；筹备西柏坡考察；参加济南幽默周活动。

【10月11日】 参加部机关人员工作会议。调度参加济南幽默周的准备工作。

【10月15日】 在四楼会议室收听收看十七大报告实况。

参加全体人员会议，关于十七大精神的学习宣传问题。

【10月18日－22日】 在济南参加山东省文化产业高阶研修班。

22日，收到澳科大的信：

张洪兴同学：

您好！

附件是您的论文开题报告评审结果通知（电子文件），其正本（一式两份）将于10月23日以挂号信方式寄予您，敬请留意查收。

如有任何问题，请尽快与本人联络。

张滢（Rita）澳门科技大学研究生院

【10月24日】 收听收看山东省领导干部学习贯彻十七大精神大会实况。

【10月25日】 在济南参加济南国际幽默周活动。

【10月26日】 接待组织部的有关领导，王东宏试用期已满一年，组织部来考察。

【10月29日】 参加部长例会，本周分管的主要工作：精品工程进展情况；起草文化产业调研报告；事业单位登记工作；参加宣传系统运动会。

【11月5日】 参加部长例会，本周主要工作：继续起草文化产业调研报告，看望中宣部下派干部，精品工程评选等。

【11月7日】 接待省文联副主席刘玉民。

【11月8日】参加记者节运动会。

【11月9日】去湖田等地看望中宣部下派干部。

【11月10日】参加部长办公会。研究本部作风效能建设问题。

【11月12日】参加部长例会,本周主要工作:下发精品工程评选通知,机关作风效能建设问题,搞好对科级以下干部的培训,抓好文明机关创建的活动。

【11月14日】文联党组会,研究市杂技协会、动漫协会、音乐家协会换届的人选问题。

【11月16日】开始写长篇小说《飘动的彩虹》(又名《彼岸》,出版时改为《一诺千金》),写三千余字。

【11月17日】写《一诺千金》七千余字。

【11月18日】写长篇小说三千字。

【11月19日】部长例会,研究本周工作:精品工程评选,召开文联党组民主生活会,指导几个协会换届。

【11月20日】市音协换届,俊海主持,我讲话。

【11月21日】看望中宣部下派干部。

【11月25日】写长篇小说八千字。

收到澳科大的通知:

通　知

张洪兴同学:

　　行政管理学院已安排了相关老师对您的论文开题报告进行了评审,现将相关意见详列如下:

1. 开题报告结构需做调整，研究假设应来自于文献，文献回顾并不是罗列相关理论，应是用相关理论去支持自己的研究命题或假设。在开题报告中没有找到支持这些假设关系的理论依据。

2. 企业适应能力应是社会资本结构、内容与企业核心竞争力的中间变数。这种中介作用是如何体现的？

3. 问卷调查中作者没有提到如何避免同源偏差问题。根据报告中的量表，调查内容均来自企业家的 Perception，没有客观的资料、指标，也无其他管道的评估。

4. 尽管作者准备使用 SPSS 等工具，但无从知道作者将如何进行资料分析。

5. 文中主要采用文中注，但有些地方用脚注（e.g.P.8），建议统一采用文中注。

6. The research methodology/conceptual framework, of this thesis draft can be better illustrated. Although the author pointed out "SPSS 10.0 and AMOS 4.0 will be used in the research"（P.48&50）, there is no concrete and clear research framework. Also, what are the specific analytical methods （Factor analysis? ANOVA? Regression?）? If the questionnaires were submitted, the author shoule be able to point out the specific analytical techniques. Once the research questions were introduced, the framework is necessary. Figure 3-2 shoule be a conceptual framework, not a research flow; or there is no difference between figure 3-2 and 3-3（P.51）.

7. Please check spellings and details again. For example, Arthur Anderson （not ArthAnderson, P.32）; reference no.18（shoule erase pp., P.56）; the reference font shoule be Times New Roman（not Simsun, P.55-65）

把开题报告及修改说明寄给澳科大。修改说明如下：

开题报告修改说明

在收到行政学院各位老师对本人开题报告第一稿的评审意见后，按照各位审稿老师的要求，同时结合近一段时间自己对论文研究思路的反思及进一步调研情况，我对开题报告进行了大范围的修改。现将修改说明陈述于下：

1. 根据评审意见之第一条，我重新调整了论文的研究视角，并按照新的想法重新撰写了开题报告。在第一稿中，我的研究思路是以民营企业家社会资本为解释变量，以企业核心竞争力为被解释变量，以企业适应能力作为中介变量。但考虑到，首先，企业核心能力的形成是企业长期经营运作，尤其是内部管理运营的结果，其具有刚性，并可能受企业家社会资本的影响较小或难以从短期内考察；第二，作为中介变量的企业适应力，其虽与企业家社会资本间可能存在较明显关系，但与企业核心能力间的关系，却互为因果，且二者间存在着交叉与重叠。因此，在开题报告第二稿中，我对研究思路做了以下修正，即以企业家社会资本作为解释变量；以企业绩效作为被解释变量；以企业动态能力作为中介变量。同时，以组织宽裕和吸收能力作为企业家社会资本与动态能力二者间的干扰变数。此外，考虑到民营企业的规模、所处行业及运作特征差异巨大，本研究拟将中小型民营科技企业作为研究对象，以求得出更精确的研究结论。

2. 根据评审意见之第一、第二条的要求，本人在开题报告第二稿中，除对研究所涉及相关理论文献做一般性回顾外，还对变量间可能存在的关系进行了详细探讨。同时，考虑到本研究前期所做访谈调研工作有限，目前提出研究假设可能是不合适的。因此在第二稿中，我删除了研究假设部分，而代之以一个概念性的研究框架（报告正文中图 3-1，同时对应评审意见之第六条）。

3. 针对评审意见之第三条中有关问卷"同源偏差"问题，本研究拟依据 Podsakoff 等人（2003）的建议，采取程控手段。具体而言包括两个方面：第一，在问卷编排设计方面隐匿受访信息、隐匿题项意义、平衡项目顺序并对题项文字进行小心组织；第二，充分发挥拟采用的人员入户调查方式，通过请企业不同人员填答问卷的方式，分离预源和对效标变量的测评。

具体请参见开题报告"3.3.2 实证研究"中的相关阐述。

4. 同时，针对评审意见之第四、第六条，在报告"3.3.2 实证研究"部分中，本人还对研究可能用到的具体统计分析方法进行了说明。

5. 根据评审意见之第五条，开题报告第二稿将注释方式统一为文中注，并对行文和拼写方面的问题进行了修正。

以上即为本人对开题报告所做修改的说明。对于报告第二稿中可能存在的问题，还请各位老师批评指正。

0509 级博士研究生张洪兴

2007 年 11 月 25 日

【11 月 26 日】部长例会，研究本周工作，组织精品工程评选，组织动漫及杂协换届，组织机关文明创建活动。写长篇小说两千字。

【11 月 28 日】写长篇小说三千字。

【11 月 29 日】参加全市服务业工作会议并代表部里进行表态发言。

【11 月 30 日】接待来淄博给作家培训班讲课的李师东、邱华栋等。

【12 月 1 日】接待全省文化产业集团调研活动。

【12 月 3 日】部长办公例会，研究本周主要工作。主要有：市精品评选工作，省文化工作会的材料，机关联谊活动。

【12 月 4 日】收到澳科大来信：

张洪兴同学：

您好！

您的开题报告及通行证资料已收到，特此告知。

您的在学证明申请资料中尚欠新版身份证（正背面），请尽快传真或电邮给我，以便尽量在12月15日前出具证明。谢谢关注！

张滢（Rita）澳门科技大学研究生院

【12月6日】参加全市文化产业座谈会。

【12月9日】写长篇小说两千字。

【12月10日】参加部长例会，研究本周工作，市级精品工程评选工作，修改省文化工作会议材料，年终考核工作。

【12月17日】参加办公例会，主要研究本周工作，进行作风效能建设总结，文联《改革开放以来文学作品选》审稿工作。参加军转干部工作会议。

【12月23日】写长篇小说两千字。

【12月29日】同俊海向郭部长汇报书法、美术及摄影家协会换届事宜。

【12月31日】写长篇小说两千字。

2008 年日记

【1月4日】写长篇小说两千字。

【1月5日】写长篇小说七千字。

【1月7日】参加部长例会，研究本周工作，主要有：年终考核工作，精品工程评选，宣传文化系统文艺晚会调度，参加全省文化工作会。

【1月8日】参加市精品工程电影电视组评选。

【1月9日】参加市精品工程戏剧组评选。

【1月10日】主持全市文化产业规划座谈会。

【1月10日】主持文艺晚会调度会。

【1月11日】向郭部长汇报文艺晚会节目筹备情况。

【1月12日】参加全省文化建设工作会议。

【1月21日】参加部长例会，研究本周工作，组织班子考核，老干部走访，安排三下乡活动，宣传系统文艺晚会。后参加部长办公会。

【1月22日】参加组织部等单位对宣传部班子的考核。

【1月23日】主持宣传系统文艺晚会调度会。

【1月28日】参加部长例会，本周主要工作：班子考核后续工作，安排三下乡活动，走访省宣传部，组织文艺晚会。后参加部长办公会。

【1月31日】 同干部科、文教科等讨论春节北京、济南等单位的走访事宜，研究蒲松龄小说奖的有关事宜。

【2月2日】 组织机关科级及科级以下工作人员考核。

【2月4日】 同分管科室商定近期工作。中断《一诺千金》的写作，开始写长篇小说《绿逝》，晚上写一千五百字。

收到澳科大的来信：

张洪兴同学：

您好！

附件是您的论文开题报告第二次评审结果通知（电子文件），其正本（一式两份）将于2月5日以挂号信方式寄予您，请于收到后代为转交其中一份予您的指导老师，谢谢！

顺祝新春愉快！平安！

张滢

【2月5日-12日】 晚上写长篇小说三万余字。

【2月13日-17日】 写长篇小说一万八千余字。

【2月18日】 讨论全市文化建设工作会筹备文件。参与接待宁夏电影制片厂《画皮》淄博首映式的导演及主创人员。

【2月19日】 讨论全市文化建设工作会的文件及会议方案。写长篇小说七千字。

【2月20日】 参加部长办公会议。

【2月22日】 向郭部长汇报文化建设会议详细方案。写长篇小说两千字。

【2月23日】 周六，写长篇小说七千字。

【2月24日】周日，写长篇小说一万一千字。

【2月25日】参加部长例会，研究本周工作，后参加部长办公会。

【2月26日】讨论全市文化建设工作会议材料。

【2月28日】全市文化建设工作会议筹备情况调研会，区县部长参加并发言。

【3月1日】写长篇小说一万字。

【3月2日】写长篇小说四千字。

【3月3日】部长例会，研究本周工作，筹备会议，下发文明机关创建意见，选调生招聘事宜。写长篇小说一千五百字。后参加部长办公会。

【3月4日】向段市长汇报全市文化建设工作会筹备情况。写长篇小说两千字。

【3月6日】组织有关部门讨论全市文化建设工作会文件材料。写长篇小说一千五百字。

【3月7日】陪郭部长向刘书记汇报文博会、精品工程及第二届蒲松龄小说奖的进展情况。写长篇小说两千字。

【3月8日】写长篇小说一万两千字。

【3月9日】写长篇小说七千字。

【3月10日】部长例会，研究本周工作。后参加部长办公会。下午讨论有关会议材料。

【3月12日－16日】写长篇小说一万七千字。

【3月17日】参加部长例会，研究本周工作，主要有筹备全市文化建设工作会，筹备参加全省文博会及蒲松龄小说奖事宜。

【3月19日】就参加全省文博会在广电局进行调研。写长篇小说两千字。

【3月20日】在淄博日报社进行调研。

【3月21日－24日】写长篇小说两万两千余字。

【3月25日】写长篇小说五千字。
收到尚雨的信：

> 张部长好！
>
> 　　开题报告看过了，内容不错，只是申报国家社科基金课题需要将开题报告按照《课题论证》活页的要求压缩到4000字以内。我发去一份样本您看看。另外项目《申请书》也请您一并填好，抓紧送到山东规划办，一两天就要往北京报了。有什么疑问，随时联系。
>
> 　　祝好！
>
> 尚雨

【3月26日】参加部长例会，研究本周工作。

【3月27日】参加部长办公会。

【3月29日】写长篇小说五千字。

【3月30日】写长篇小说八千字。

【3月31日】上午九点参加部长办公例会，研究本周工作。一是继续筹备全市文化建设工作会议。二是继续筹备好第二届蒲松龄短篇小说奖事宜。三是有关招聘人才的筛选工作。四是参加省文联工作会议。写长篇小说《绿逝》七千字。下午调度全市文

化建设工作会议材料问题。调度蒲松龄小说奖资金到位问题。

【4月1日】 上午准备明日参加会议的有关材料。下午两点在市劳动大厦参加市博物馆建馆五十周年"博物馆工作论坛"并致辞。三点从张店出发去济南，四点半到济南南郊宾馆。晚上同自牧、徐明祥、张汉英、王永虹、吕凤琴、刘媛媛在一起用餐，席间收到自牧赠书《芸斋书简》下部、曹雪梅著《幸福就在不远处》及徐明祥著《潜户藏书纪事》。

【4月2日】 参加全省文化建设工作会议。

【4月3日】 写长篇小说三千字。

【4月4日】 昨日喝酒有些多，上午先看电视，写长篇小说《绿逝》，到晚上共写一万字。

【4月5日】 晚上同夫人散步，全天共写小说一万两千字。

【4月6日】 上午下午写长篇小说一万字。下午和夫人在植物园拍照至六点。后参加李恩情婚宴。晚上上网，处理照片。

【4月7日】 上午调度全市文化建设工作会议有关问题。十一点郭部长召集会议，研究明后天全市文化建设工作会议问题。中午同中宣部吴科特及市新闻出版局翟乃利、魏凡龙、何象斌、徐德征在长城宾馆用餐，下午调度会议准备情况。晚饭后先到植物园散步，后写长篇小说三千字。

【4月8日】 早上六点起床，写长篇小说一千五百字。上午八点五十先参加创城会，刘慧晏书记主持，周清利市长讲话。十一点参加全市文化建设工作会议，周市长主持，刘书记讲话。中午郭利民部长陪山东省文联党组书记丁殿广在淄博宾馆用餐，我和俊海陪同。下午两点在鲁中宾馆继续开全市文化工作会议，

八个单位进行了发言交流，四点会议休会。晚上同王兴辉、柴洪德、胡春景等用餐。

【4月9日】早上六点起床，写长篇小说一千五百字。七点去鲁中宾馆。后参观考察，参观了洪杰印务、世纪天鸿、英科国际、山东卓创等十一个典型。下午五点，召开总结会议，段市长主持，郭部长讲话。后临淄区安排晚宴。用餐后返回张店。

【4月10日】上午调度蒲松龄小说奖进展情况，精品工程评选及管理办法、省文博会的参加等事项。收到刘桂玲的签名新著《聪明孩子陪出来》。中午同李浩、徐忠、韩超美、吕凤琴、薛磊等用餐。晚饭后在植物园散步，后写长篇小说三千字。

【4月11日】早上六点起床，写长篇小说一千五百字，后做早饭，七点半看朝闻天下。八点十分上班，路上看最近一期《青海湖》。八点半到办公室，先看搜狐网上的时事新闻，后看邮箱的邮件情况。中午同丁慎鹏、牛圣银、张守君、徐德征在徐氏海参用餐，讨论美国安博公司在淄博设立独资公司之事。下午向郭部长汇报文改办成立的有关事宜。

【4月12日】上午下午写长篇小说八千字，晚上散步，后写长篇小说三千字。

【4月13日】上午写长篇小说三千字，后和夫人去博山看望岳母、中午在假日酒店同孙建博、房利军用餐。回到张店后去植物园给夫人拍照到六点。后回家做饭，晚上写长篇小说三千字。

【4月14日】早上写长篇小说两千字，上午参加部长办公例会，后读国承新的书籍，研究本周工作。中午写长篇小说三千字。下午召开分管的科室负责人会议，研究参加省文博会、市产

业资金管理办法、精品工程动态管理办法、蒲松龄小说奖评奖事宜、文改办建立事宜、讲师团缺额招聘事宜。晚上散步,后写长篇小说四千字。

给澳科大发去我的博士论文开题报告第三稿修改说明:

开题报告第三稿修改说明

依据论文开题报告第二稿的评审意见,本文对论文进行了细致地补充修改。

具体而言,针对评审意见中对模型中的 moderation 问题,开题报告中新增了 2.4.3 节,以着重从理论上对组织冗余和吸收能力的调节效应进行了分析,即组织冗余作为组织创新的影响因素,有可能在企业家社会资本对组织动态能力的作用过程中发挥干扰效应;而吸收能力作为动态能力的先决条件,亦可能影响到企业家社会资本对组织动态能力的贡献效果。

对于评审意见中的 mediation 问题,在论文开题报告的 2.2.4 和 2.3 节已经有所涉及,即动态能力能够影响到企业绩效(已有研究验证,见开题报告),而企业家社会资本又有可能对企业动态能力产生影响(报告中的理论分析),因此在论文的实证研究过程中除分别检验以上两组影响作用外,还可能通过结构方程工具检验动态能力在企业家社会资本与组织动态能力之间的中介效应。

另外需要说明的是,由于论文意欲检验的模型中,有多个变量间的关系(如企业家社会资本对组织动态能力的影响、吸收能力和组织冗余的干扰效应、动态能力的中介效应等)在以往的研究中(截至笔者目前的文献检索范围)均未发现直接的实证研究或理论探讨予以支持,因此对以上方面的研究均有可能构成本文的创新点。对这些变量间可能关系的进一步理论详细探讨将是本研究在论文写作过程中的难点和重点所在。开题报告中文献探讨的不足之处还请评审专家予以谅解。

学生张洪兴

【4月15日】早上写长篇小说两千字，后做饭。上班后调度参加省文博会调度会准备情况，蒲松龄小说奖进度问题。把第二次修改好的DBA开题报告用快递寄到澳门科技大学。中午下午写长篇小说六千字，晚上先同夫人散步，后写长篇小说四千字。

【4月16日】8:10上班，路上看于丹的一本关于昆曲的书，突发奇想，将来要写一本小说，其中把对未来的想象作为一个重要内容，小说的结构将有很大变化。上午调度省文博会筹备情况，蒲松龄小说奖进展情况。中午同财政局王修德、王英、马瑞辉用餐，象斌、宝霞陪同，主要为蒲松龄小说奖事宜沟通。晚上陪郭部长同市人事局张守华等用餐，绪敏、象斌参加。沟通市文改办建立事宜。

【4月17日】上午主持市文联四届五次全委会，宗俊海作报告，郭部长讲话。下午同徐德征向段市长汇报省文博会调度会事宜。晚上同刚从美国回来的袁桂芝女士用餐。

【4月18日】参加机关文明创建专题讲座会议，9:30召集全国第四届奇石展协调会并讲话。公安、消防、工商、园林、张店区委宣传部、执法局等单位参加。中午同王东宏、刘新玲等用餐，下午调度明日梦泉笔会筹备情况，晚上写长篇小说三千字。

收到澳科大张滢老师发来的信：

张洪兴同学：

您好！

您的修改版开题报告已收到，有劳您再发一份电子文件给本人，谢谢！

另外，日后请使用双面打印，而且需要采用稳固的订装方式，敬请留意，谢谢！

张滢（Rita）澳门科技大学研究生院

【4月19日】 早上写长篇小说两千字，8点乘车去梦泉山村，9:30到，先爬山，后吃中午饭，淄川宣传部陈涟远部长陪同。下午召开我的长篇小说《潮起潮落》、《花开花落》研讨会，杨克和主持，王金铃祝词，康云、张安杰、国承新、徐德征等先后发言。其间签名赠书八十余本，下午5点返回。

【4月20日】 早上写长篇小说两千字，8:20出发去潍坊考察潍坊文化产品展示暨交易会，下午5点返回。同王宝霞见面，谈去日本学习注意事项，后王宝霞去济南再去日本学习培训。晚上写长篇小说三千字，到此，我的新长篇小说《绿逝》初稿已写完。本书从二月四号开始，是我利用业余时间写得最快的书，初稿大约二十六万字，修改可能到二十九万字左右。争取在五月修改完第一稿。

【4月21日】 先参加部长办公例会，后参加部长办公会，后调度去胶东参观考察事宜。晚上写国承新印象及作品评论两千字。

【4月22日】早上8点出发，去胶东考察，9点到潍坊。参观羊家沟年画馆，十笏园。中午利民部长、孙部长、赵伟宏陪餐。下午去青岛，参观其创意100和天幕美食城，晚上住府新大厦。

【4月23日】 早上7:30吃早餐，11点到烟台，曲波副部长陪同，参观张裕酒博物馆和动漫产业园，下午6点回到张店，晚上同姜虎林、张伟、郝永勃在金五福用餐。

【4月24日】 筹备下周一的参加省文博会的调度会，向郭部长汇报胶东考察情况。

【4月25日】 筹备下周会议，同文艺报王山通电话，讨论蒲松龄小说奖事宜。

【4月26日】 写评论《一个不知疲倦的尊者和他的著述》五千字。看浩然小说《苍生》。

【4月27日】 看完《苍生》。准备继续写长篇小说《一诺千金》。

【4月28日】 上午参加省文博会调度会，讲了全市的参加方案。下午调度全市的文化建设项目问题。

【4月29日】 调度全市文化项目建设问题。同文艺报王山通电话，就蒲松龄小说奖问题进行讨论。

【4月30日】 干部科、文教科等打完了我的新小说《绿逝》。争取利用半月修改一遍，安排五一文化活动。

【5月1日】 修改长篇小说《绿逝》。

【5月2日】 继续修改长篇小说《绿逝》。接待总政宣传部张继钢、省宣传部聂宏刚先生，去蒲松龄故居参观。

【5月3日】 先修改长篇小说《绿逝》，后到博山看望岳母，中午同孙建博、房利军一起用餐。晚上修改长篇小说。

【5月4日】 上午参加市团代会，下午调度本周工作。

【5月5日】 先参加部长办公例会，后调度工作。

【5月6日】 上午协调蒲松龄小说奖事宜，下午参加全市宣传思想工作会议。

【5月7日】 上午到淄川调研，议鬼谷子研究会成立及旅游开发问题。下午陪郭部长到五音剧团调研并用餐。

【5月8日】 接待刘健及明杰一行。刘健建议《绿逝》在《中国文学》刊登。

【5月9日-11日】修改长篇小说《绿逝》。

【5月12日】 参加部长办公例会,中午去张店宣传部调研文化产业工作。晚上部班子同政协班子用餐。

【5月13日】 先去市人事局,协调有关机构事宜。后调度《旱码头》播出工作。收到明杰短信,《中国文学》第五期刊登我的长篇小说《绿逝》。

【5月14日】 下午参加部长办公会。修改长篇小说。

【5月15日】 中午去桓台调研文化产业工作。看望中宣部下派干部曹靖和李定文。

【5月16日】 调度下周工作。修改长篇小说。

【5月17日】 上午修改长篇小说,晚上接待参加李玉文小说研讨会的专家,李存葆、梁晓声、王占军、白烨、谈歌、李佩甫、王兆山等。

【5月18日】 参加李玉文小说研讨会。下午修改长篇小说。

【5月19日】 调度本周工作,组织部对王建军进行考察。

【5月20日】 先去市人事局见张守华局长,汇报有关组织人事工作。后向郭部长汇报工作,后修改完长篇小说《绿逝》。

【5月21日】 写长篇小说《一诺千金》三千字。因为写长篇小说《绿逝》,中断了《一诺千金》的写作,争取下年完成。

【5月22日】 陪夫人逛商场,写《一诺千金》。

【5月23日-31日】 在烟台培训一周,文化、教育、广电、报社及各区县分管部长参加。

26日收到澳科大的信:

张洪兴同学：

　　您好！

　　您已获批准可以参加6月份的开题报告会，日期待确定会以书面通知您，敬请先填写以上附件（其中"学生自述"部分建议最多为3页），请于6月10日或之前交回本院（可通过电邮提交）。

　　开题报告会大约是每位学生半个小时，首先是以PPT的形式自述开题报告的主要内容（例如选题的目的、研究的计划与方法、文献综述等等，自述部分约10至15分钟），其后评委会指出存在的问题及论文写作时要注意的地方，请自行摘录评委的建议，作为日后开题报告修改/论文写作时参考之用。PPT没有指定的格式要求，仅以简洁为主。

　　如有任何查询，敬请联系本人。

　　　　　　　　　　张滢（Rita）澳门科技大学研究生院

【6月1日】 到南京炮兵学院看儿子，晚上和王队长一起用餐。

【6月2日】 早上7点起床，到炮校附近吃早餐。下午3点从南京返回。晚上写《一诺千金》。

【6月3日】 向郭部长汇报烟台培训的情况。澳门科技大学来信，开题报告已通过，要求13日去参加开题报告会，因这几天太忙，看来只能参加下次的开题报告会了。给澳科大发信，请求取消这次开题报告答辩会，参加下一次。同段华联系北京兴业银行给房总贷款事宜。

【6月4日】 准备去北京和东北沈阳的材料，对长篇小说《绿逝》又修改了一遍。

【6月5日】 去北京，下午到。三点见到段华，谈及小说出版及贷款事宜，初步定在中国林业出版社出版。晚上房利军到，

同段华及兴业银行宋处长用餐。

再次给澳科大发信：

张滢老师：

您好！

我昨日给您发过一次邮件，因紧急公务，六月十三日的开题报告会我参加不了，特申请参加下一次开题报告会。

山东，0509 级张洪兴

收到澳科大回信：

张洪兴同学：

您好！

来函收悉，有关您在 6 月 13 日的开题报告会将被取消，日后若有安排将另行通知。

如有任何查询，敬请联系本人。

张滢（Rita）澳门科技大学研究生院

【6月6日】8 点进机场，10:30 登机，12 点到沈阳，住格林饭店。下午 4 点去机场接郭部长一行。晚上用餐。

【6月7日】大雨。去刘老根电视剧里的龙泉山庄景点参观，下午返回到沈阳。晚上看刘老根大舞台演出。收获大。

【6月8日】去丹东。考察文化建设情况。

【6月9日】上午看少帅府和沈阳故宫。下午看古玩街。晚7:30 乘飞机，9:10 分到济南，10:10 到家。

【6月10日】上班后调度参加省文博会的筹备情况，蒲松龄小说奖进展情况。

【6月11日】参加部长办公会。我的小说《绿逝》上半部在《中国文学》已发表，收到杂志样本，本次发十四万字。

【6月12日】 向郭部长汇报机关人事问题。读《美学概论》。

【6月13日】 向郭部长汇报讲师团人员问题。读《美学概论》。

【6月14日】 到博山看望岳母，晚上在源泉接待自牧等。

【6月15日】 理工大学管理学院四名研究生论文答辩，答辩委员会由段福兴、尹玉吉、綦振法、张洪兴、杜清玲、梁家强组成，共有姜杰、石秀霞、杨静、程蕴等四名研究生通过答辩。中午在齐林大酒店用餐，后到金太阳同自牧等用餐。

【6月16日】 参加部长办公例会。后到盛唐传媒公司调研。

【6月17日】 召开文化产业调度会，中午同卜德兰等用餐，下午参加全市干部大会。

【6月18日】 到市委组织部、市人事局联系工作。读《美学概论》。

【6月19日】 九点钟推荐部里中层干部。后向郭部长汇报干部推荐情况。到周村督导创城工作。

【6月20日】 调度蒲松龄小说奖评奖进展事宜。同长江部长、焦伟等用餐。

【6月21日】 背诵DBA开题报告。送儿子去南京炮兵学院。

【6月22日】 读《旅游美学》一书。同侯林山、王彦永等在一起用餐。

【6月23日】 参加部长办公例会及办公会，收到山东社科规划办通知，我的课题《民营企业家社会资本、动态能力与企业

绩效关系研究》在国家社科办通过，并已收到通知书，要求报项目预算表。中午同张方明、赵守光、王宝霞用餐。

【6月24日】 同范杰、安杰、德征等在一起用餐，研究全国刻瓷大赛等事宜。同中宣部下派干部尚雨、移动公司王燕等用餐。晚上同尚雨、王燕等喝茶。干部科陪同。

【6月25日】 去原山林场同建博、庆文等在一起，看文艺表演。收到段复兴院长的电话，我被正式聘请为理工大管理学院的硕士生导师。

【6月26日】 读《旅游美学》，同组织部组织科的刘伟等用餐。

【6月27日】 中午部班子同市人大班子用餐，晚上接待《山东文学》许晨总编。

【6月28日】 参加全市廉政教育报告会，下午练字，看电视剧。

【6月29日】 上午写长篇小说《一诺千金》两千字，中午同洪春一家吃饭。

【6月30日】 收到自牧修改的我的小说《绿逝》下部，他建议改为《绿殇》。

【7月1日】 到组织部、人事局协调有关事宜。收到方明送来的字。

【7月2日】 写完《社会共识与社会矛盾》一文，三千字，又写长篇小说《一诺千金》三千字。

【7月3日】 中午接待尚雨等。收到韩磊的散文集《黄河之水》。

【7月4日】 与人事局等协商有关事宜。整理我的论著《社会资本与产业发展》一书的稿子。收到明杰电话,《中国文学》今年八月号已出,我的长篇小说《绿逝》在本期连载完毕。收到《齐风》今年第三期,有我的《绿逝》选载和我写给国承新的评论。

【7月5日】 去莱芜战役纪念馆参观,后去九龙大峡谷考察,晚上住章丘。

【7月6日】 早饭后回淄,先参加淄博绵阳书画义卖仪式,后同耿新及夫人去淄川看瓷砖。中午同绵阳客人用餐。同时同耿新及夫人、理工大张子理、尹玉吉等用餐。下午同耿新去淄川看瓷砖,晚上在海天大酒店用餐。后耿新及夫人回济。

【7月7日】 参加部长例会。到济南拿回《中国文学》今年8月号,里面有我的《绿逝》下部。把《社会资本与产业发展》书稿捎给自牧。

【7月8日】 同农发行柴洪德等用餐,下午参加部长办公会。

【7月9日】 中午同高延民等用餐,晚上同文改办人员用餐。

【7月10日】 整理我的《社会共识论》书稿。中午参加同事王学增儿子的婚礼。为段华来淄博买机票。晚上同王行宏书记、国承新等用餐。

【7月11日】 同段华联系来淄事宜,中午同牛圣银、丁沈鹏、李一用餐。晚上在博山接待段华一行。

【7月12日】 在博山陪段华一天,讨论了《绿逝》的出版

问题及有关项目贷款问题。

【7月13日】在博山陪段华。午饭后段华回京。

【7月14日】参加部长办公例会和部长办公会。

【7月15日】参加全市宣传部长座谈会。中午去博山看望孙建博。

【7月16日】陪郭部长到文改办调研。

【7月17日】陪郭部长听取参加省文博会项目进展情况汇报。

【7月18日】参加机关经济形势讲座会。接待耿新。

【7月19日】中午陪耿新用餐。整理《社会共识论》一书。

【7月20日】上午整理《社会共识论》,下午同郭部长听招商项目汇报。

【7月21日】参加部长办公例会。整理修改《社会共识论》一书。

【7月22日】筹备去南方考察招商事宜。整理修改《社会共识论》一书。

【7月23日】同赵部长、朱部长召集五个一及精品工程调度会。整理《社会共识论》,筹备去南方考察事宜。

【7月24日】去南方文化招商。郭部长带队、区县宣传部长、市直文化部门领导参加。下午乘机,七点到厦门。用餐后休息。

【7月25日】上午游览市区,看鼓浪屿,下午举行文化项

目招商会。晚上到武夷山。

【7月26日】上午，下午游武夷山。

【7月27日】上午漂流，下午游山。

【7月28日】上午11:30到广州，中午见李毅坚同学，下午五点举行文化项目招商会，签十一个大项目。

【7月29日】早上去佛山，上午参观创意园，下午参观新闻中心。晚回广州。饭后乘机去杭州。

【7月30日】上午看西湖，下午5点文化项目招商会，签九个项目。

【7月31日】去绍兴，上午看鲁迅故居等，下午看绍兴电影院等文化企业。

【8月1日】乘车去奉化，晚上到达宁波。

【8月2日】中午到青岛。下午返回张店。

【8月3日】整理《社会共识论》。校对我的书稿《社会资本与产业发展》。

【8月4日】参加部务会。校对我的书稿《社会资本与产业发展》。

【8月5日–7日】参加市委读书会。

【8月8日】同文改办议展板及招商问题。校对我的书稿《社会资本与产业发展》。

【8月9日】调度省文博会参展事宜。校对书稿《社会资本与产业发展》。

【8月10日】同德征等去沂源调研文化产业，看牛郎织女洞，大贤山，九天洞等。

【8月11日】参加部务会。校对完《社会资本与产业发展》一书。

【8月12日】调度蒲松龄小说奖进展事宜。演练 DBA 开题报告 PPT。

【8月13日】同干部科议讲师团人员招聘问题。

【8月14日】同文改办调度省文博会展板制作问题。

【8月15日】去文化局调研，中午在市歌舞剧院用餐。
收到澳科大发来的信：

张洪兴同学：
　　您好！
　　行政与管理学院计划于8月最后一周内安排 DBA 开题报告会，请问您是次能否参加？敬请回复，以便安排，谢谢！
　　若有任何查询，敬请联系本人。
　　　　　　　　　　张滢（Rita）澳门科技大学行政与管理学院

【8月16日】给澳科大回信：参加 DBA 开题报告会。
去博山看望岳母。晚上同房利军等用餐。

【8月17日】演练 DBA 开题报告 PPT。

【8月18日】上午参加部长例会，下午陪同郭部长审查参加省文博会的展板。

【8月19日】接待泰安市委宣传部考察团。调度蒲松龄小说奖事宜。

【8月20日】部署省宣传部齐鲁文化名牌调查。读《信息

哲学》。

【8月21日】 调度参加省文博会展板事宜。读《信息哲学》。

收到《文艺报》王山发来的蒲松龄小说评奖的几份材料。

（一）第二届"蒲松龄短篇小说奖"征集参评作品启事

本报和淄博市人民政府已于2007年9月成功举办了首届"蒲松龄短篇小说奖"评奖及颁奖活动，为繁荣我国当代短篇小说创作，现正式启动第二届"蒲松龄短篇小说奖"的参评作品征集工作和评奖活动。

征集作品对象：

1. 参评年限：参评对象为2005年1月1日-2007年12月31日之间首次公开发表出版的汉语短篇小说作品。

2. 参评作品以单篇作品为单位。条件许可参评作品最好附该作品的电子版。

3. 评选标准：关注当代现实，体现社会审美理想，故事性、想象力俱佳，具有民族风格和大众阅读价值。

4. 获奖名额：获奖篇目不超过6篇。

5. 欢迎并鼓励个人在符合前三项条件的基础上踊跃参评应征。

6. 征集作品截止日期：2008年9月18日

7. 组委会将聘请全国著名作家评论家担任评委，评奖结果在各大媒体公布并将于2008年10月在蒲松龄的故乡——山东淄博举办颁奖活动。

通讯地址：100125 北京市朝阳区农展馆南里10号《文艺报》专题部

电子邮箱：ssmzwyzk@126.com

联系电话：010-65389115

文艺报社、山东省淄博市人民政府

（二）第二届"蒲松龄短篇小说"获奖名单

序号	作者	篇名	原发刊物	日期	票数
1	欧阳黔森	敲狗	《人民文学》	2005年第12期	11票
2	陈麦启	回答	《莽原》	2007年第3期	10票
3	张抗抗	干涸	《收获》	2005年第6期	9票
4	阿 成	白狼镇	《芒种》	2006年第11期	9票
5	徐 坤	午夜广场最后的探戈	《北京文学》	2005年第11期	8票
6	杨少衡	恭请牢记	《北京文学·精彩阅读》	2006年第4期	8票
7	鲍尔吉·原野	巴甘的蝴蝶	《读者》	2005年第6期	7票
8	红 柯	额尔齐斯河波浪	《光明日报》	2007年7月23日	7票

（三）第二届"蒲松龄短篇小说奖"评委会名单

主　任: 高洪波　　中国作家协会副主席

副主任: 范咏戈　　文艺报总编辑

　　　　　雷　达　　中国小说学会常务副会长

委　员:（以姓氏笔画为序）

　　　　王　山　　《文艺报》专题部主任

　　　　吕先富　　《文艺报》副总编辑

　　　　杜家福　　《文艺报》副总编辑

　　　　李敬泽　　《人民文学》副主编

　　　　胡　平　　中国作协创研部主任

　　　　张洪兴　　淄博市市委宣传部副部长、市

　　　　　　　　　文联党组书记，教授，硕导

　　　　张　陵　　《文艺报》副总编辑

　　　　施战军　　北京大学中文系博士后

　　　　阎晶明　　中国作协办公厅副主任

　　　　梁鸿鹰　　中宣部文艺局评论理论处处长

【8月22日】 参加文博会招商调度会。参加市音协主席团会议。

【8月23日–24日】 接待山大老师丁荣贵及夫人和他们的爱子。23日去原山风景区、淋漓湖以及陶琉大观园参观。

丁老师一行24日返济。

【8月25日】 参加部务会。读《信息哲学》。

【8月26日】 议讲师团人员招聘事宜。读《信息哲学》。

【8月27日】 同王山沟通蒲松龄小说奖颁奖事宜。读完《信息哲学》。

【8月28日】 接待湖北孝感宣传部考察团。

【8月29日】 在电视台政务现场录制节目，参加摄影家协会主席团会议并致辞。

【8月30日–31日】 陪段华父母去长岛参观。

【9月1日】 参加部务会。读《社会资本与就业问题研究》一书。

【9月2日】 为讲师团人员招聘准备。读《社会资本与就业问题研究》一书。

【9月3日】 主持讲师团人员招聘面试会。下午参加市委干部会议。

【9月4日】 参加省文博会调度会并讲话。读《社会资本与就业问题研究》一书。

【9月5日】 向郭部长汇报讲师团人员招聘面试情况，议《天下第一球》电影拍摄立项准备。读完《社会资本与就业问题

研究》。

【9月6日】 读完《管仲》一书。受方明先生托，写完《淄博人物》发刊词。

【9月7日】 去博山庆贺岳母生日。

【9月8日】 参加部务会。读完另一本《管仲》。

【9月9日】 调度参加省文博会的情况。读《管仲》。

【9月10日】 调度庆祝改革开放三十周年文艺晚会准备情况。接待聊城宣传部的同志。同理工大我的新研究生张璐见面，研究课程计划。

【9月11日】 调度蒲松龄小说奖有关事宜。读《管仲》。

【9月12日】 参加宣传文化系统解放思想大讨论会议。读《管仲》。

【9月13日–15日】 读完《管仲》。写《散木集》序。写《社会资本投资风险与规避研究》一文。

【9月16日】 调度文博会进展情况。送儿子张寅去南京上学，去淄川参加电影《画皮》首映式。

【9月17日】 主持山东民间艺术品博览会调度会。中午接待自牧。

【9月18日】 召集文博会各项活动调度会。读《社会资本与技术创新》一书。

【9月19日】 召集文博会招商布展调度会。读《社会资本与技术创新》一书。

【9月20日–21日】 读《社会资本与技术创新》一书。演练 DBA 开题报告 PPT。

【9月22日】 到济南省文博会场实地调研。

【9月23日】 调度文博会参展情况。读《社会资本与技术创新》一书。

【9月24日】 调度文博会参加人员及参展企业情况的会场布置情况。读《社会资本与技术创新》一书。

【9月25日】 陪同郭部长去济南看文博会场。

【9月26日–27日】 在济南参加省第二届文博会。

【9月28日】 去济宁参加省文博会闭幕式。

【10月1日–5日】 国庆节长假，集中写长篇小说《一诺千金》五万字。四日去博山看望岳母。

【10月6日】 参加部长办公例会。读完《社会资本与技术创新》一书。

【10月7日】 参加改革开放三十周年文艺晚会调度会并讲话。

【10月8日】 向郭部长汇报第二届蒲松龄小说奖有关事宜。读《人力资本通论》。

【10月10日】 收到澳科大的来信：

张洪兴同学：

　　阁下的工商管理博士学位论文开题报告经过行政与管理学院的初步评审已获通过，经学院核准，现拟定于下列时间进行论文开题报告会：

　　日期： 2008 年 10 月 22 日（星期三）

　　地点： A305 室

　　时间： 2:30PM-3:30PM

　　以上内容，敬请垂注，并请提前抵达会场做好准备。

澳门科技大学行政与管理学院

2008 年 10 月 10 日

【10 月 11 日】参加市直机关运动会。

　　读小说《张居正》。

【10 月 12 日】文联党组研究深入学习实践科学发展观动员会议程，并报市督导组。写长篇小说《一诺千金》一万字。

【10 月 13 日】同同学李涛议 DBA 开题报告会的注意事项等。

　　下午 2:30 在国贸大厦见王墨凡先生、张景峰先生。

　　同宗俊海商明日深入学习实践科学发展观动员会会议议程。

【10 月 21 日】早上乘机，下午 5 点到珠海，住友谊宾馆。晚上练习演讲我的 DBA 开题报告。

【10 月 22 日】上午 10 点到澳科大，下午 2:30 开始开题报告会，开始有些紧张，很快进入角色，感觉答辩良好。答辩完毕后回珠海。

【10 月 24 日】回到淄博。

　　收到澳科大的信：

张洪兴同学:

　　您好!

　　附件是您的论文开题报告会结果通知(电子文件),其纸本(正副本各一份)将于 10 月 23 日通过挂号信方式寄予您,请于收到后将其中的一份副本代为转交予您的指导老师,谢谢!

　　若有任何查询,敬请联系本人。

澳门科技大学行政与管理学院　张滢(Rita)

通知书

张洪兴同学:

　　兹通知,您于 2008 年 10 月 22 日参加由行政与管理学院安排的论文问题报告会,评委一致通过了您的论文开题报告,您可以进入工商管理博士论文正式写作阶段,但必须根据评委于会上提出的写作建议进行论文之写作。有关论文阶段的确认资料如下:

　　论文题目:民营企业家社会资本、动态能力与企业绩效关系研究——以中小型科技企业为例

　　论文指导老师:丁荣贵　教授

　　申请中期检查:2009 年 6 月 1 日–30 日

　　论文完成日期:2009 年 10 月 31 日或之前

　　敬请定期向行政与管理学院提交"学生与导师联络记录表",且务必在指定的中期检查申请期内提交"中期检查报告表"及一式三份论文已完成部分的稿件至行政与管理学院,以便安排进行中期检查报告会。

　　特别提醒:学生必须按时提交经指导老师同意推荐的一式四份定稿论文至行政与管理学院。若预计未能如期提交论文,必须提前一个月(即 2009 年 9 月 30 日或之前)提出书面申请论文延期提交,并必须缴纳论文延期费用(有关费用之详情,请参阅澳门科技大学研究学生手册 http:www.must.edu.mo/sgs/doc/handbook2007.pdf)。凡逾期未提交论文者,将被视为选择不继续

论文之写作，向校方申请修案。

如有查询，敬请联系行政与管理学院，电话：（853）88972107。

澳门科技大学行政管理学院

2008 年 10 月 23 日

【10 月 27 日】中午在淄博饭店接待作家明杰、刘照如。

收到明杰签名本诗集《生命本色》、《生命驿站》、《生命之门》。

下午两点去鲁中宾馆，省委巡视组谈话。

深入学习实践科学发展观活动，部机关到淄博职业学院参观学习。

晚上在职业学院用餐。后到周村接待作家明杰、刘照如。

【10 月 28 日】早上接待教育局顾虹。

召集纪念改革开放三十周年文艺晚会调度。后到淄川宣传部，同陈涟远部长，司志生部长谈蒲松龄小说奖事宜。

下午陪同郭部长视察齐赛创意动漫园，晚上在金太阳用餐，绪民、德征陪同。

【10 月 29 日】同王宝霞讨论改革开放三十周年文艺晚会节目事宜，同徐德征讨论蒲松龄小说奖设立理事会、徽标及吉祥物事宜，并向郭部长汇报。同孙启新议我去澳门读博士的签证延期事宜，并填表写出报告。

听取孙启新、侯军远关于包村牛角村情况的汇报。

庆文送来几张京剧票。全国京剧节正在举行。

中午同韩乃舜等在金太阳用餐。

下午读《科学发展观重要论述摘编》一书。

晚上修改完我的短篇小说《面试》。

【10月30日】上午同王宝霞讨论纪念改革开放三十周年文艺晚会节目事宜。中午同俊海、姜岩、象斌、乃舜、德征、德民用餐。下午去博山假日酒店,同元爱、夏艳华、马艳华、房利军用餐。读《管仲评传》。

【10月31日】收到澳科大寄来的我的博士论文开题报告通过的文字通知及下一步的要求。

沈淇送来新出版的《齐风》,刊有我写的《散木集序》和张方明写的我的长篇小说《绿逝》评论。

读《管仲评传》五十页。

下午参加部长办公会,研究改革开放三十周年纪念活动。

向郭部长汇报研究齐文化调研事宜。

读《深入学习实践科学发展观活动领导干部学习文件选编》一书。

晚上写长篇小说《一诺千金》三千字。

【11月1日】参加十七届三中全会精神报告会。中央党校曹叶松作报告,讲得很好。

下午四点同绪民、德征、德民研究齐文化调研的方案及内容方法。晚上博苑宾馆接待《北京文学》、《中篇小说月报》副主编孟亚辉、《散文》鲍纪霞、《诗刊》唐方、《散文选刊》葛一敏、《诗选刊》李之平。他们应邀来为淄博文学爱好者讲学。晚上自牧来电,议我的《社会资本与产业发展》一书的封面和印数。

写长篇小说《一诺千金》三千字。

【11月2日】淄博商厦维修工两次来修太阳能。

看《张居正》第三卷一百页。

参加绍兴淄博书法交流展并致辞。

写长篇小说《一诺千金》一万字。

【11月3日】上午参加部长办公例会。

下午陪郭部长参加齐文化发展调研协调会。

晚上写长篇小说《一诺千金》三千字。

【11月4日】早上写长篇小说《一诺千金》四千字。

读《科学发展观重要论述摘编》一书。读《管仲评传》一书。同德征讨论周四去临淄调研安排。同宝霞讨论纪念改革开放三十周年文艺晚会的调度。下午去公安局办理去澳门的通行证。

修改全市改革开放三十周年文艺晚会文艺节目串词。

【11月5日】上午参加宣传文化系统学习实践科学发展观调度会。11点同德征、宝霞去省法制办看望王德法。陈公雨陪同用餐。下午2:30到省作协,见王兆山主席。下午3:30去省建行,见耿新,议有关调查问题。4:30去自牧处,晚上同自牧、张元祥等一起用餐。晚上9:30返回。

【11月6日】陪同郭部长去临淄调研齐文化发展问题,这是学习实践科学发展观活动的重要内容之一。常传喜、王昌晖、李玉福、巩绪民、刘晓清、张成旭、徐德征、吕德民参加。上午听汇报,召开座谈会,下午参观大顺集团,李嘉才介绍情况。后去齐文化生态产业园考察。下午4:30返回,同夫人5点去博苑宾馆,胡春景、王家祯、王克东、解桂东、刘志庆及夫人和女儿一起用餐,为我祝贺生日。维寰兄知情后,托服务员送来蛋糕。

收到作家魏友太寄来的书《诗与思》。

【11月7日】上午读《管仲评传》,中午接待《大众日报》殷瑞虎等。下午陪郭部长向侯书记汇报纪念改革开放三十周年纪念活动筹备情况。向郭部长汇报段纪东、于海东招聘情况及近期

干部工作情况。晚上接待谭瑞、王晓庆、王燕、张掖，谈《绿逝》改编为连续剧事宜。

【11月8日】 上午参加原山记者节登山和拔河比赛，后去怡露理发。中午去淄川同谭瑞一行及刘希政等用餐，陈涟远陪同。谭瑞等去了周村。晚上接待济宁市委宣传部刘成文等一行。

【11月9日】 上午同郭部长陪同济宁刘部长一行参观荣宝斋、洪杰印务和周村古大街。

读小说《张居正》，晚上散步，回来后写《一诺千金》两千字。

【11月10日】 上午参加部长办公例会。中午同贡平、德征、启新、宝霞在理工大学术交流中心用餐。下午召集纪念改革开放三十周年文艺晚会调度会。晚上郭部长率班子去桓台。陈勇、克杰、常顺等接待。

【11月11日】 向郭部长汇报有关人事问题。读《管仲评传》。整理万问求智调研报告，并上交学习实践活动小组办公室。题目是：《关于淄博市发展文化产业的调查与思考》六千余字，分三部分：一，基本情况；二，存在的问题和不足；三，对策与建议。下午读《张居正》第三卷五十页。晚上写《一诺千金》三千字。

【11月12日】 上午主持召开纪念改革开放三十周年文艺晚会调度会。中午同常传喜、王宝霞、吕凤琴、韩超美去桓台看万狮博物馆。巩曰佑等接待。晚上写小说《一诺千金》三千字。

【11月13日】 上午主持召开齐文化发展问题调研座谈会。后去济南，先去山大看望马瑞芳教授，庆文、毅香、宝霞同往。中午同尹峰、张伟等用餐。下午去省作协见李先锋。晚上同自

牧、刘健等用餐。

【11月17日】上午参加部长办公例会。调度改革开放三十周年文艺晚会及齐文化发展调研问题。中午去市硅酸盐研究院调研，尹总及马榭，程中、尚桂汝在一起用餐。下午调度有关人事问题。

【11月18日】上午调度纪念改革开放三十周年文艺晚会事宜及参加省文博会的表彰事宜。去市委组织部同王亚黎部长谈有关人事问题。读《张居正》七十页。读完第三卷。

【11月19日】上午参加部长办公会。后去临淄进行齐文化发展问题调研。后去四王冢。下午3:30返回。德征、德民陪同。晚上同盛唐文化公司刘永杰等在理工大用餐。

【11月20日】上午调度文艺晚会节目进展情况。参加全市军转干部会议。读《管仲评传》五十页。中午读《张居正》三十页。审看节目，在五音戏剧院用餐。后到淄博宾馆同丁西滨、周连华、邹光平、孙来斌、孙戈等用餐。后去开发区一酒店，同金晓丽、魏坤龙、李建民、张丽等用餐。

【11月21日】上午调度文艺晚会筹备情况。去中心医院看望王阵华。中午去歌舞剧院用餐，调度节目。后去知味斋就餐，见翟乃翠、郝岚峰等。收到孟强、陈增仁、段华、刘健等的电话，就有关项目进行交流。

【12月1日】上午参加部长办公例会。中午和夫人同增仁、孟强在一起用餐。下午参加文艺晚会调度会，郭部长讲要求。下午收到订书：周时奋著《走向统一的帝国》、王美凤等著《春秋史与春秋文明》、张力《管仲评传》、熊逸著《春秋大义》、童书业著《春秋史》、朱秀君著《风流宰相》、姜涛著《管子新注》、

陈祖怀著《春秋巨人》。收到张店文化馆李峰的签名书《冬天的雪花》和《李峰画集》。晚上读《管仲评传》。

【12月2日】 同德征讨论近期工作、同王宝霞讨论文艺晚会有关事宜。后去文联商量近期工作：深入学习实践科学发展观民主生活会问题，机关明年招考人员问题，电影电视艺术家协会成立问题。下午3:30去济南，先去省宣传部，见徐向红副部长，晚上陪同郭部长在天外山庄同徐部长、曲处长、王主任用餐。绪民、德征陪同。

【12月3日】 上午部长们审专题片。下午调度文艺晚会舞美及节目。收到《辉煌写照》一书。

【12月4日】 同王宝霞、宗俊海、徐德征分别向部长汇报文艺晚会、美协、刻瓷协会换届、文博会表彰事宜。

中午同德征、薛磊等用餐。下午去组织部见家才部长，谈德征等几个中层干部任职事宜。晚上修改《一诺千金》十五页，把前两章放到《齐风》第六期。

【12月5日】 向郭部长汇报有关中层干部问题，汇报三下乡表彰问题。修改小说《一诺千金》。

【12月6日】 写《一诺千金》一万字。读《管仲评传》

【12月7日】 写《一诺千金》八千字。读《管仲评传》。

同段华联系，关于《绿逝》出版事宜，就用哪个出版社的书号问题进行商量。

【12月8日】 上午先参加部长办公例会。后参加部长办公会。修改《一诺千金》第一至十五节。下午同王宝霞、徐德征讨论工作。晚上去开发区，见贾利等，讨论安排我的博士论文实地

问卷调查问题。

【12月9日】上午在山东省美术馆参加李峰画展开幕式并致辞。后去省委宣传部文改办同孙杏林处长、申文龙就省里的扶持项目问题进行沟通。下午返回。

【12月10日】同徐德征讨论我的博士论文去开发区调研事宜。同王宝霞讨论文艺晚会事宜。

自牧来电，我的《社会资本与产业发展》一书已印好。

【12月11日】上午主持召开市文联班子民主生活会，下午主持淄博市文学艺术奖评选事宜。同张店区委宣传部汪德法商定我的博士论文的实地问卷调查问题。

段华来电，《绿逝》书号已好。

【12月12日】上午市刻瓷协会换届，到会并讲话。10点向侯书记汇报文艺晚会有关事宜。晚上同樊萍、黄文汇、张建国等用餐。

【12月13日】指导文艺晚会。写《一诺千金》一万字。

【12月14日】写《一诺千金》一万三千字。我的小说《花开花落》在《淄博晚报》已连载完毕。

许晨来电，他已任代总编。

【12月15日】参加专题民主生活会。召集第六届淄博文学艺术奖评选委员会会议，评出六十八件作品。督导文艺晚会进展情况。文艺晚会彩排至晚上10点。

【12月16日】早上6点修改文艺晚会主持词。向郭部长汇报干部人事的几个问题。下午在广电大剧院进行文艺晚会指导。

晚上参加蒋海德之子婚宴。

晚7点到广电大剧院，迎接领导，向领导介绍晚会筹备情况。

晚会晚7:30开始。晚会精彩成功，领导及观众都满意。

10点在淄博饭店同导演、主要演员吃夜宵。

【12月17日】同郭部长、产业办研究有关文化政策完善问题。晚上部班子为岳长志主席接风。

【12月18日】中午在电视台审片。下午参加部长办公会。晚上在开发区用餐。

段华来电，出版社要改书名为"桃花杏花"，我意维持原《绿逝》名称。

明杰来电，要我的照片、简介、作品目录和一短篇小说。《当代小说》作为当代名家刊发。下午发给了明杰。

【12月19日】上午召集有关部门负责人座谈，研究文化产业发展有关政策。晚上写《一诺千金》三千字。

【12月20日】上午参加市摄影家协会年会及14届摄影展并致辞。写长篇小说《一诺千金》八千字。

【12月21日】写长篇小说《一诺千金》一万三千字。中午下起大雪。

【12月22日】上午参加部长办公例会。中午同长江、德征、焦伟、德民等用餐。

为段华去开发区买1947年版书《孙犁文学入门》。

晚上郭部长带班子同魏延鞠及团市委班子用餐。

【12月23日】向郭部长汇报文化产业有关政策修改情况。

收到吴官正的书《汉水横冲》。

【12月24日】向郭部长汇报有关人事问题及包村问题。写《一诺千金》三千字。

【12月25日】同德征、宝霞议文化事业及产业扶持问题。

收到网上订书：于童蒙主编《谚语与歇后语》、宋开玉著《明清山东方言词缀研究》、马静、吴永焕著《临沂方言志》、朱东润著《张居正大传》。

【12月26日】上午向段市长汇报有关文化产业政策修改问题。接待画家扬子江和作家刘维寰，收到《扬子江作品集》。

【12月27日】上午8:30参加市蒲松龄研究会年会并致辞。10:30参加画家扬子江画展。中午同胡林站长等在劳动大厦用餐。下午3点在广电大剧院看淄川区聊斋俚曲《求骂》和《带着奶奶做新娘》。看完《管仲评传》，开始看《张居正大传》。

【12月28日】上午写完《一诺千金》。下午、晚上看《张居正大传》。

【12月29日】上午参加办公例会和部长办公会。安排省三下乡会议。晚上同夫人在广电大剧院看音乐会，瑞典皇家乐团演出十三个节目。

【12月30日】中午同卓创公司姜虎林等用餐。下午收到林业部段华寄来的书号，并交给张方明。晚上同王兴辉、鹿林、刘建立用餐。

【12月31日】安排元月五日三下乡会议。同方明议《绿逝》印刷问题。中午修洗衣机。儿子放假从南京回来。

2009 年日记

【1月1日】读《张居正大传》一百页。

构思长篇小说《日出日落》，现可动笔，初步定三月完成。

【1月2日】读《张居正大传》，去博山看望岳母。

晚上同公平、建伟、建国、付斌五个家庭小聚。

【1月3日】读完《张居正大传》。参加鹿子林之子婚宴。

【1月4日】部署三下乡电视电话会议。同产业办讨论文化产业政策有关条目。同德征、方明定《绿逝》封面。

【1月5日】上午参加全省三下乡电视电话会议，在市里会上讲话。下午同德征去市政府办公厅协调文化产业政策有关条目。

【1月6日】同王宝霞、徐德征研究明年工作。

构思长篇小说《日出日落》。读《管仲评传》。

【1月7日】筹备市三下乡活动启动仪式及第二届农民文化节开幕式。同郭部长、绪民、亚黎、素英、庆元、启新等用餐。

【1月8日】参加三下乡活动启动仪式及第二届农民文化节开幕式。去济南参加全省文化统计会，晚上高玉清副部长宴请各市部长。

【1月9日】上午参加全省文化统计会，下午返淄。晚上参加博山区委举办的在博山工作过的老领导座谈会。

【1月10日】 开始写作长篇小说《日出日落》，得两千字。读张平《管仲评传》。

【1月11日】 写《日出日落》两千字，读《管仲评传》。

下午接待作家自牧先生，他从济南捎来我的新书《社会资本与产业发展》。

【1月12日】 准备迎接考核，撰写述职报告。同德征、宝霞议去济南、北京走访事宜。

中午作家明杰、刘照如来，长城宾馆用餐，捎来《当代小说》2008第24期，有我的彩页介绍和短篇小说《面试》。

收到网上订书：麦加《暗算》，钟敬文等《中国民俗史》（先秦卷），焦安南、李建文《姜太公》，游唤民《周公大传》。

【1月13日】 调度春节期间文化活动。写《日出日落》两千字。

【1月14日】 召集全市2009年文化产业调度会。写《日出日落》两千字。

【1月15日】 安排春节期间文化活动。读《周公大传》。

【1月16日】 筹备去北京走访事宜。读《周公大传》。

【1月17日】 下雪。下午接待自牧等，自牧捎来我的新书《社会资本与产业发展》。

【1月18日】 去北京，中午到，住武警招待所。下午去中宣部，见李小红等，又见广电局张宏森。晚上同段华用餐。

【1月19日】 上午去机场接郭部长一行，下午陪郭部长去中宣部干部局走访。谈及中宣部第二批下派干部来淄博事宜。晚上在东来顺同中宣部商雨、王海洋、吴克特、李定文等用餐。

【1月20日】 上午见《文艺报》王山、中国作协陈建功。议及第二届蒲松龄小说奖颁奖事宜。

【1月21日】 去济南省宣传部走访。中午同王兆山、自牧等用餐。

【1月22日】 郭部长率班子看望市里的老领导。

【1月23日】 参加团拜会。看望徐部长、胜部长、张部长。整理办公室。

【1月24日】 回临朐老家看望父母，下午返回，青州买花。

【1月25日】 清扫卫生。看完张平著《管仲评传》。

【1月26日】 大年初一，上午拜年，下午晚上写小说《日出日落》五千字。看电视剧《胭脂雪》。

【1月27日】 去博山看望岳母，见山大舅及舅母，在美国的杨玉帝，下午回。

【1月28日】 写小说《日出日落》七千字。晚上和杨克和同北京的刘琅、王冰等用餐。

【1月29日】 写小说《日出日落》六千字，晚上同王杰、杜吉泽、赵锦鹏、王延勇等用餐。后同饶明忠、李同道、祝华用餐。

【1月30日】 写长篇小说《日出日落》五千字。
读《行走澳门》一书。

【1月31日】 去博山参加郭义忠婚宴，同俊清，永军等用餐。读《行走澳门》一书。

【2月1日】 节后上班，拜年，后机关学习。中午同文联机

关干部用餐。下午去邹平雪花山，参加机关中层以上干部务虚会议。

【2月2日】雪花山机关务虚会，中层以上干部发言，郭部长讲话。

下午回，晚上郭部长率部长们同宣传文化口主要领导用餐。

收到陈建功、王兆山贺年片。收到《齐风》2008第6期，刊载我的长篇小说《飘动的彩虹》（《一诺千金》）节选，三万字。

【2月3日】学习省宣传部部长会议精神，协调卓创与临淄移动公司有关事宜。

中午同贡平、青山、天生、德征、启新、宝霞等用餐。

收到网上订书：《周武王之谜》、《对联与俗语》、《中华开源大圣》。

【2月4日】同启新议有关人事工作，同德征议文化产业工作。读《行走澳门》一书。

【2月5日】向段市长汇报全省宣传部长会议精神，讨论文改办2009年工作要点。

收到市社联书《淄博科学发展研究》、《淄博市第21次社会科学优秀成果奖获奖文集》。

晚上同画家李晓松、刘硕石、王友胜、王玉浩、张雨、李伟、鲍立克、毕立军，作家郝永勃、刘虎经理在乡土人家用餐，后去金梦园，同孟强、毕建国等用餐。

【2月6日】同德征、宝霞议下周工作。读《对联与俗语》。

【2月7日】写《日出日落》五千字，看连续剧《红日》。

【2月8日】写《日出日落》六千字，看连续剧《红日》。

【2月9日】 参加全市反腐倡廉大会，下午参加部长办公会。我的《绿逝》已由中国文史出版社出版。

【2月10日】 接待东营市委宣传部文化产业考察团。

去淄川宣传部同陈部长讨论蒲松龄小说奖颁奖事宜。

【2月11日】 同德征、启新到卓创资讯调研。读《社会资本在社会发展中的作用》一书。

【2月12日】 同启新到东方玉艺调研，同粮食局成武、长顺、徐忠等用餐。给段华、曾小丹寄小说《绿逝》。

【2月13日】 同德征到市刻瓷协会等地调研。中午同张安杰、范杰等用餐。见到范杰的画，大有长进，雪山、酸枣，很有意境，有王广德漏白画的特点。

【2月14日】 上午参加李小松等古风今雨画展，后和德征、王之云在蒙古王用餐。晚上写长篇小说《日出日落》两千字。

【2月15日】 写长篇小说一万字。

【2月16日】 上午参加部长办公例会，中午同吴兆金等用餐，晚上同作家张安杰、任传斗、杨克和、杨玉泰、李清玉等用餐。

【2月17日】 上午参加全市宣传思想工作会议，下午主持召开精品工程调度会。晚上同俊海、成武、先彧、卫东、春景等用餐。

【2月18日】 上午科级及科以下干部考核。向郭部长汇报考核等有关问题。下午同王宝霞议五个一工程事宜，同德征讨论近期工作及《绿逝》讨论会事宜。晚上同清玉、清河、祖卿等

用餐。

【2月19日】 同启新讨论科级考核等次问题，同德征讨论当代精短文学作品高级研讨班及蒲松龄故里笔会方案，并发给刘兆如。中午同志江、连荣、友梅、永铭、连波、振青用餐。

【2月20日】 学习科学发展观有关文件，调度下周工作。中午同俊海、之云、永杰、凤琴、超美等用餐。

晚上写长篇小说两千字。

【2月21日】 写长篇小说八千字，晚上看电视剧，《北风那个吹》。

【2月22日】 上午深入学习实践科学发展观考试，下午写长篇小说三千字。

【2月23日】 参加市委干部大会，推荐去重庆的干部。中午同李祖卿、郝永勃、李清玉等用餐。

【2月24日】 去济南，中午同自牧、培志用餐，下午参加全省电影体制改革会议。下午返回。晚上写短篇小说《穷亲戚》三千字。

参加宣传部的学习实践活动满意度测评会议。

【2月25日】 同德征、连星去潍坊考察，参观郭味渠美术馆、学仁集团、潍坊创意园，丁汉邦部长陪同。收获不小，学仁集团的基金会可学，郭味渠美术馆的公私共同管理的方式可学、创意园的管理方式可学。郭味渠的绘画，把山水、花鸟画结合、素描和泼墨结合，很有启发，大气、恢弘、深远。下午返回，晚上写完《穷亲戚》，共九千字。

【2月26日】 上午向郭部长汇报机关考核有关问题，全省

电影体制改革会议精神。文联召开学习实践活动满意度测评会议，俊海主持，我讲话。中午同德征、宝霞、永杰等在一起用餐。

【2月27日】陪同郭部长向刘慧晏书记汇报全省电影体制改革会议精神。调度下周工作，修改哲学专著《社会共识论》。

【2月28日】看电视《中国兄弟连》、《北风那个吹》和剧本《东方大国》。

父母从临朐来。父亲下午回去，母亲住下。

【3月1日】写长篇小说《日出日落》六千字。

送母亲回临朐。

【3月2日】调度蒲松龄小说奖颁奖方案，向郭部长汇报科级干部考核问题。中午同纯生、树仁、建博、永杰、树博等用餐。晚上同高峰岭等用餐。

【3月3日】接待威海市宣传部钱部长一行，下午参加部长办公会，后去临淄陪钱部长一行。

【3月4日】陪威海宣传部钱部长一行参观周村大街。

接待临朐同学王元梦、画家马春宝等，得春宝画一幅。中午同李敏、效莲、佳敏、方明在淄博宾馆用餐。晚上修改小说《穷亲戚》。

【3月5日】同王立宪、孙启新向段市长汇报全省电影体制改革会议精神。同德征讨论文化产业发展问题。同方明议论《绿逝》再印问题。

【3月6日】《淄博日报》发表《绿逝》出版书讯，同时发表大水的书评。调度下周工作，确定李群部长视察的文化企事业

名单。晚上同永绥、鹿林、志超、玉山、郑文在职业学院用餐。晚上看《东方大国》。

【3月7日】 同庆文、立宪、德征等到电影公司、开元文化市场调研，为李群部长来视察定路线。中午在张店区宣传部用餐。晚上写长篇小说两千字。

【3月8日】 李群部长上午在桓台视察，中午在桓台用餐，下午李群视察市电影公司和开元文化市场。四点李群离开淄博回济南。晚上看《东方大国》。

【3月9日】 上午参加部长办公例会，中午陪全运会大活动部赵勇一行。下午参加本部学习实践科学发展观活动总结大会。晚上看《东方大国》。

【3月10日】 市文联学习实践科学发展观活动总结。中午同俊海、雪楠等用餐。

筹备北京《绿逝》讨论会。安排文改办德征等去高新区就我的博士论文进行实际问卷调查。

【3月11日】 召集文化、广电、财政、人事、劳动等部门研究电影体制改革的文件及会议材料。读《齐桓公》一书。文改办分两组就我的博士论文发放问卷，当场填表收回。

【3月12日】 调度蒲松龄小说奖颁奖方案，调度制定学习科学发展观整改方案的落实情况。调度精品工程有关项目落实情况。

读《东方大国》。

【3月13日】 召集全市电影体制改革会议并讲话。中午同李清玉、李祖卿等用餐。文改办继续就我的博士论文实地发放并

收回问卷。晚上同同道、明忠、玉国、祝华为中会接风。

【3月14日】文改办德征安排人员去张店开发区就我的博士论文进行问卷调查。陪郭部长给刘星泰送行，部班子成员参加。

【3月15日】上午陪儿子考试，下午同德征、启新、宝霞去北京，7点住北京齐鲁大饭店，晚上玩牌。

【3月16日】上午拜访中国作协陈建功主席，就蒲松龄小说奖颁奖事宜、《绿逝》研讨会事宜进行商讨。后去文艺报社同王山议蒲松龄小说奖颁奖事宜。中午同段华用餐。下午到中宣部干部局、文艺局、文改办，见段局长、李晓红处长、王国伟、齐竹泉处长等，就中宣部下派干部、五个一工程、文化体制改革等问题交谈。后去新华社见蒲立业，就文化产业宣传、蒲松龄小说奖颁奖事宜交谈。晚上同齐竹泉处长、尚雨、定文、科特等用餐。晚上玩牌。

【3月17日】上午去广电局见宏森局长，就五个一工程、《绿逝》研讨会等事宜进行交谈。中午在红楼饭店同段华用餐，晚上7点返回。晚上看《北风那个吹》。

【3月18日】向郭部长汇报北京一行的情况。
中午同李清玉、李祖卿等用餐。晚上看《北风那个吹》。

【3月19日】上午参加全市领导干部大会。调度蒲松龄小说奖颁奖方案。调度全市电影体制改革实施意见的落实情况。

【3月20日】参加全市文化统计工作会并讲话。
准备蒲松龄小说奖方案及汇报提纲。

【3月21日】读小说《齐桓公》，已读了三遍，对一些重要

事件越来越清晰了。

【3月22日】 上午读《齐桓公》，下午、晚上写长篇小说五千字，思路越来越清晰，渐入佳境。

【3月23日】 参加部长办公例会。接待山东文化音像出版社鲍海岩一行。讨论蒲松龄小说奖颁奖晚会节目。晚上同永绥、祖卿、世新、光亮等用餐。

【3月24日】 调度蒲松龄小说奖颁奖会进度和电影体制改革进度。到淄川调研，重点研究蒲松龄小说奖颁奖典礼及电影体制改革事宜。中午同陈部长、司部长、阎部长等用餐。

【3月25日】 调度蒲松龄小说奖颁奖晚会事宜，调度全市电影体制改革事宜。筹备文联工作会。

【3月26日】 主持市文联工作会。到文化局调研，中午同庆文等文化局领导用餐。晚上同于风贵、刘中会、常传喜用餐。

【3月27日】 调度电影体制改革进展情况，议宣传部事业单位人员招聘事宜。晚上丁西滨来，同中会、西滨、玉田等用餐。

【3月28日】写长篇小说一万字。看《战北平》。

【3月29日】写长篇小说三千字。去博山看望岳母。

【3月30日】 调度电影体制改革进度，完善蒲松龄小说奖颁奖晚会方案。到广电局调研文化体制改革问题。中午同财政局孙兆科、朱春明等用餐。

【3月31日】 调研电影体制进展情况。中午陪郭部长去济南省委党校看望宋军继、饶明忠、张守君等。下午去段市长办公

室就省运会开闭幕式问题进行了汇报。

【4月1日】 接待明杰、刘兆如一行，中午去淄川，就全国蒲松龄精短文学研讨班问题进行商定。

【4月2日】 调度蒲松龄小说奖颁奖晚会筹备事宜。读《社会资本在社会发展中的作用》一书。

【4月3日】 同刘世新、李祖卿等用餐。读《社会资本在社会发展中的作用》一书。

【4月4日】 郭部长带队去衡水考察琉璃等文化产业发展情况。

【4月5日】 去河北赵县考察赵州桥等文化景点。

【4月6日】 返回淄博，写小说一万字。

【4月7日】 中午同祖卿、清玉等用餐。
同产业办讨论文化产业发展问题。调度电影体制改革进度。

【4月8日】 陪郭部长调研文化产业发展情况。同文教科议蒲松龄小说奖颁奖方案。

【4月9日】 接待淄川区宣传部司部长、阎部长，商讨蒲松龄小说奖、精短文学研讨会有关事宜。
陪郭部长向周清利市长汇报蒲松龄小说奖等事宜。

【4月10日】 去济南，中午同自牧、培志用餐。下午见耿新，后去省作协见王兆山，汇报蒲松龄小说奖颁奖晚会及《绿逝》研讨会事宜。

【4月11日】 上午写长篇小说三千字，中午参加淄博济南作协系统联谊活动。下午接待刘健、侯博瀚。

【4月12日】 去沂源参加《牛郎织女寻踪》、《发现沂源人》首映式。参加人员主要有：侯法生、刘魁立、叶涛、王秋桂、王守功、邓建永等。下午返回。晚上写长篇小说三千字。

【4月13日】 参加部长办公例会，中午同李祖卿、李清玉等用餐，晚上同清河、传斗等用餐。

【4月14日】 上午参加部长办公会，中午同外宣办用餐。晚上看五音戏《云翠仙》，看完后同省高校工委宋焕新等用餐。

【4月15日】 上午参加蒲松龄小说颁奖晚会新闻发布会。中午同赵部长、陈部长用餐。下午召集蒲松龄小说奖颁奖晚会节目调度会。晚上同李祖卿、刘世新用餐。

【4月16日】 研究蒲松龄小说奖颁奖晚会有关节目，下午到淄川区接待王兆山、明杰、刘兆如等。

【4月17日】 8点出席由《中国文学》、《当代小说》主办的当代精短文学研讨班，并致辞。九点在鲁中宾馆主持市电影体制改革电影公司交接仪式，郭部长讲话。中午到淄川见王兆山、吴义勤、宁小龄等，并赠《绿逝》。

【4月18日】 下午陪王兆山去沂源桃花岛，参加《山东文学》主办的研讨班并致辞。晚住桃花岛。

【4月19日】 陪王兆山、许晨、刘新沂等参观涌泉万亩桃花，下午返回。

【4月20日】 去济南请省宣传部、作协领导出席蒲松龄小说颁奖晚会。晚上写长篇小说三千字。

【4月21日】 蒲松龄小说颁奖晚会调度会。安排中宣部下派干部事宜。下午四点主持下派干部座谈会，晚上为中宣部王国

维处长、省宣传部赵丁艺处长、中宣部六名下派干部举行欢迎宴会，郭部长出席并致辞。

【4月22日】 送六名下派干部到有关镇，中午陪郭部长为王国维等送行。调度蒲松龄小说奖颁奖晚会节目及接待细则。

【4月23日】 主持第四届奇石展协调会。审蒲松龄小说奖颁奖晚会节目，晚上陪同郭部长节目彩排，定节目到11点。

【4月24日】 下午中国作协高洪波、文艺报王山、作家欧阳黔森、鲍尔基·原野、阿成到淄博，晚上同郭部长一同接待。晚8点，文艺报范咏戈一行到，同陈涟远一起接待。

【4月25日】 陪高洪波及蒲松龄小说奖评委及作者参观硅苑科技、新星集团、蒲松龄故居，后陪高洪波参观周村大街。

下午主持蒲松龄获奖作者与记者见面会。下午中国作协陈建功、阎晶明等到，王风胜、高玉升、王兆山、获奖作家许坤、陈麦启、红柯、许少衡到，晚上举行招待酒会，周市长参加，郭部长致辞。晚上7:30颁奖晚会，结束后，陈建功回济南。

【4月26日】 早上6:30陪高洪波用餐，后送高洪波回京。7:30陪王风胜、王兆山、高玉升用餐并送至高速路口。中午去临淄陪范咏戈及文艺报全体人员用餐。下午4点送他们去车站。

【4月27日】 参加部长办公例会和部长办公会，调度罗杨书法展事宜。晚上去博山参加侄子军国的婚宴。

【4月28日】 组织部孙庆远等来部进行新任干部满意度测评。后去博物馆主持罗杨书法展，郭部长致辞。

【4月29日】 同王立宪、吕其顺、巩武威、金辉、王宝霞在段市长办公室讨论省运会开闭幕式准备工作。

调度全市电影体制改革事宜。

【4月30日】讨论省运会开闭幕式文艺演出事宜。
同产业办议文化产业近期工作。

【5月1日】去博山看望岳母，中午在太和同房利军用餐。
读《管仲评传》。

【5月2日】写长篇小说四千字。读完《管仲评传》。

【5月3日】为陈泉散文集《渐行顿悟》写序：《顿悟与华章》。
写长篇小说三千字。

【5月4日】议《绿逝》北京讨论会事宜。去临淄参加全省青年美术大展开幕式并致辞。晚上写长篇小说两千字。

【5月5日】同干部科议所包牛角村的吃水问题。
向郭部长汇报强化干部管理的意见，及文化体制改革的问题。

【5月6日】到博山原山林场参加文化局部分文艺工作者座谈会。晚上写长篇小说两千字。

【5月7日】修改《顿悟与华章》。中午同民政局成锡轲、信凯、王浩等用餐。晚上读另一本《管仲评传》。

【5月8日】调度下周工作。读《管仲评传》。

【5月9日】同市土管局刘世新、李祖卿去博山看一铁矿和长石矿，看两个将要建设的别墅小区。

【5月10日】写长篇小说一万字。

【5月11日】上午参加部长办公例会。中午看望中宣部下

派干部田岩和李冰。分析研究 DBA 论文问卷调查数据。

【5月12日】 同宝霞、启新、德征向郭部长汇报工作。下午同理工大王学真校长去北京，六点半到，晚上同段华用餐。

【5月13日】 中午同中宣部齐竹泉、尚雨、李定文用餐。下午返淄，晚7点回。分析研究 DBA 论文问卷调查数据。

【5月14日】 去淄川看望下派干部胡伟。分析研究 DBA 论文问卷调查数据。下午审看京剧《山高水长》。晚上部长们宴请中宣部下派干部，后去淄博饭店见史进、刘中会等。

【5月15日】 读剧本《管仲》。调度下周工作。

【5月16日】 写长篇小说七千字。读剧本《管仲》。

【5月17日】 写长篇小说四千字。读剧本《管仲》。

【5月18日】 参加部长办公例会。中午同刘世新、李祖卿等用餐。晚上同作家张安杰、刘云鹏、郝永勃等用餐。后同济南张雪燕、刘中会、饶明忠用餐。

【5月19日】 和夫人到济南山大看望舅和舅妈。中午同作家自牧、王明祥用餐，下午看望耿新，就 DBA 论文的写作同耿新进行了探讨。6点返淄博。

【5月20日】 读完剧本《管仲》。写长篇小说两千字。

【5月21日】 陪同郭部长到报社调研。
《淄博宣传》创刊号发表我的小说《穷亲戚》。

【5月22日】 调度下周工作，研究文化产业发展问题。
重读《东方大国》。

【5月23日】 写长篇小说六千字，读《东方大国》。

【5月24日】写长篇小说五千字。读《东方大国》。

【5月25日】参加部长例会。

参加侯书记召集的拍摄 MTV 中国瓷调度会。

【5月26日】调度京剧《情深意长》录制事宜。重读完剧本《东方大国》。

【5月27日】筹备《绿逝》北京研讨会事宜。读《春秋霸事笔记》。

【5月28日】写长篇小说五千字。读《春秋霸事笔记》。

【5月29日】去博山看望岳母。读《春秋霸事笔记》。

【5月30日】写长篇小说五千字。

读完《春秋霸事笔记》，有收获，目前，几个主要人物形象已经较清晰。

【5月31日】参加部长例会和办公会。读《春秋霸事笔记》。

【6月1日】参加吕凤琴获梅花奖座谈会并致辞。

【6月2日】参加市电影公司与北京昂展公司合作影城项目签字仪式。后同李祖卿、张茂亭去博山固山调研，商讨利用土洞养殖冬虫夏草事宜，双方达成意向。

【6月3日】调度五个一工程奖申报事宜。晚上观看新编京剧《情深意长》。读《春秋霸事笔记》。

【6月4日】筹备《绿逝》研讨会及五个一工程奖事宜。读《春秋霸事笔记》。

【6月5日】参加中央电视台孙国明摄影展。读《春秋霸事

笔记》。

【6月6日】陪夫人逛银座商城，参加孙国明婚宴。读《春秋霸事笔记》。

【6月7日】陪夫人在天资照结婚纪念照。写长篇小说三千字，基本写完长篇小说《花开花落》。

把导师联络表发给澳科大。

学生与导师联络纪录表

日期 Date	时间 Time	联络地点 Means of Contact	问题 Problem	问题解决情况 Problem shooting situation	学生/导师 签名 Signature of Student /Supervisor
2008年 12月8日	15:00–18:00	山东大学	开题报告假设问题	按开题报告评委会建议完善了假设	丁荣贵
2009年2 月6日	10:00–15:00	山东大学	调查表格内容的完善	完善了调查表格的有关内容及设计	丁荣贵

备注：各学生敬请定时与论文导师联络，并于论文写作开始后每两个月传真此纪录表至研究生院存档（传真号码：853-28827666）。

【6月8日】上午参加部长例会。下午同德征、宝霞等去北京，五点半到，晚上同段华在北纬饭店用餐。晚上住香樟园。

收到澳科大发来的信：

张洪兴同学：

您好！

您的导师联络表已收到，特此确认。

若有任何查询，敬请于办公时间内联系本人。

张滢（Rita）澳门科技大学行政与管理学院

【6月9日】 上午到中国作协创研部见胡平主任等，定明日活动细节。后见陈建功、高洪波主席。中午同张洪福等用餐。下午去中宣部见出版局郭玉强局长、胡伟等。后赶到作协对面酒楼接待山东作协王兆山主席。晚上到中宣部附近同郭玉强、胡伟用餐。后回宾馆向郭部长汇报《绿逝》研讨会筹备情况。

【6月10日】 《绿逝》研讨会召开，陈建功、胡平、彭学明、王兆山、郭利民、雷达、吴秉杰、白烨、史战军、胡殷红、王山、段华等参会，彭学明主持会议。专家们对《绿逝》的得与失进行了中肯的评价，受益匪浅。中午作协对面酒楼就餐。下午返回。

【6月11日】 调度MTV中国瓷创作事宜。
晚上去淄川同陈涟远、胡伟等用餐。

【6月12日】 调度五个一工程作品申报情况。写作DBA论文。

【6月13日–14日】 整理北京《绿逝》研讨会的录音。写作DBA论文。

【6月15日】 参加部长例会，下午参加本部全体人员会，推荐干部，后组织谈话。同德征向郭部长汇报文化体制改革方案。晚上同李玉福、赵锦等用餐。

【6月16日】 调度文化产业项目。
整理《绿逝》研讨会材料。写作DBA论文。

【6月17日】 调度五个一作品准备情况。
整理《绿逝》研讨会的材料。写作DBA论文。

【6月18日】 准备去河南、甘肃、青海等地考察事宜。整

理《绿逝》研讨会材料。写作 DBA 论文。

【6月19日】准备下周去北京的有关材料。整理完《绿逝》研讨会材料。

【6月20日–21日】读小说《管仲》。写作 DBA 论文。

【6月22日】参加部长办公会，研究干部问题。读小说《管仲》。写作 DBA 论文。

【6月23日–27日】在北京协调五个一工程奖的有关事宜。27日晚上回淄博。读小说《管仲》。

【6月28日】写作 DBA 论文。读完小说《管仲》。

【6月29日】同文产办讨论文化产业项目问题。读《社会网络分析论》一书。

【6月30日】和干部科看望下派干部黄向怀。读《社会网络分析论》一书。

【7月1日】同文产办向郭部长汇报文化产业项目问题。读《社会网络分析论》一书。

【7月2日】接待从美国回来的董玉峰。读《社会网络分析论》一书。

【7月3日】研究下周工作。读《社会网络分析论》一书。

【7月4日】上午去临淄参加范圳等四人画展，收到范圳赠画。下午去博山接待省委宣传部高玉清部长。

【7月5日】读小说《笨花》。读《社会网络分析论》一书。

【7月6日】参加部长办公例会。读完《社会网络分析论》

一书。

刘兆如来电，我的小说《结缘》在《当代小说》上已发。

【7月7日】调度五个一工程作品上报情况。

写作DBA论文。读小说《笨花》。

【7月8日】去济南开会，住南郊宾馆。读小说《笨花》。

【7月9日】上午回，调度五个一工程上报情况。

写作DBA论文。读小说《笨花》。

【7月18日–19日】去北京，见张宏森等，协调五个一申报作品进展情况。晚上回淄博。读小说《笨花》。

【7月20日】写作DBA论文。读完小说《笨花》。

【7月21日】调度文化产业重点项目情况。

读《风险管理概论》。

【7月22日】调度上报的五个一工程作品进展情况及省精品工程进展。写作DBA论文。读《风险管理概论》。

【7月23日】陪郭部长同粮食局班子用餐。

写作DBA论文。读《风险管理概论》。

【7月24日】调度下周工作。修改《一诺千金》。

【7月25日–26日】周六去博山看望父母。中午同利军等用餐。周日修改《一诺千金》。

【7月27日】参加部长例会和部长办公会，确定报省精品工程作品名单。修改《一诺千金》。

【7月28日】调度省精品工程作品申报情况，安排文化产业产品展览会事宜，受常传喜委托，同方明谈《好客山东》淄博

卷的编写问题。

【7月29日】看小说《楚王》。写作 DBA 论文。
 调度创意动漫周情况。

【7月30日】调度省精品作品申报情况，准备下周出发事宜。修改长篇小说《一诺千金》。

【7月31日】去省委宣传部报送申报的省精品作品。高玉升处长接待我们。

【8月1日】回临朐老家看望父母。写作 DBA 论文。修改长篇小说《一诺千金》。

【8月2日】中午接待省作协王兆山主席。写作 DBA 论文。修改长篇小说《一诺千金》。

【8月3日】参加部长例会和办公会。写作 DBA 论文。修改长篇小说《一诺千金》。

【8月4日】参加全市宣传部长会。下午主持庆祝建国六十周年文艺调研及晚会调度会。写作 DBA 论文。

【8月5日】参加全市干部大会。
 下午主持文化品展示会调度会。

【8月6日–16日】去河南、甘肃、青海等地考察文化体制改革及文化事业发展问题，先后去开封、洛阳、郑州、兰州、嘉峪关、西宁、青海湖等地，收获多。郭部长带队，部分区县宣传部长及文化口负责人参加。8月11日，收到澳科大要求提交资料申请，进行论文中期检查报告会的通知，要求在8月20日前提交两份论文及中期检查报告表。

【8月17日】参加部长办公例会，中午郭部长代表市委为省文代会、作代会代表送行。下午去济南报到，参加省作代会。

【8月18日-19日】济南参加省作代会。

【8月20日】调度全市首届文化产业艺术品展览会进展情况。读《风险管理概论》。

给澳科大去信，要求延期提交论文中期检查及报告表。

【8月21日】修改西部考察报告。读完《风险管理概论》。

收到澳科大的来信：

张洪兴同学：

您好！

您延期进行中期检查报告会的申请已收到，由于中期检查报告会是不可省略的步骤，而且并不是在论文写作结束后才进行的，学院原规定您申请进行中期检查的时间是在2009年6月，但您当时并未向学院提出有关申请，虽然您现在无法参加于9月初的报告会，但最迟必须在10月内补做，您现有的论文稿件及中期检查报告会申请表最晚应于9月30日或之前补交到学院，以便安排。特此说明，谢谢您的关注！

另外，您的论文定稿按规定应于2009年10月31日提交，届时您若估计未能依时提交，应提前向学院提出延期提交论文的书面申请，当中应注明实际可以提交定稿论文的时间。申请一旦获批准，每次可延期六个月，但必须缴纳港币$12,000元。特此提醒，敬请留意，谢谢！

如有任何查询，敬请于办公时间内联系本人。

张滢（Rita）澳门科技大学行政与管理学院A408室

【8月28日】上午参加全市领导干部会议。中午同张志才、李祖卿等用餐。下午调度省精品工程有关事宜。

【8月27日】在淋漓湖参加全市各协会主席座谈会并讲话。

下午返回。读《动态能力与企业成长》一书。

【8月26日】 上午同德征、德民讨论去西部的考察报告修改问题。下午去淋漓湖陪郭部长同博山区班子用餐。

【8月25日】 讨论西部考察的报告。读《动态能力与企业成长》。

【8月24日】 修改西部考察的报告，向郭部长汇报有关人事干部问题。

【8月22日–23日】 22日，接待上海市动漫创意代表团。修改《一诺千金》，决定第一和第三人称同时交叉使用。这样有利于小说叙述创新和表达。

【9月5日】 修改《一诺千金》，下午陪郭部长考察文展会部署现场。

【9月6日】 上午陶博会、文展会开幕，陪同郭部长参观，中午去周村接待省摄影家协会侯贺良、田风仙，同时接待河北衡水市宣传部谢晓勇一行，并赠《绿逝》。

【9月7日】 上午调度建国六十周年文艺晚会有关节目，中午同曹庆文、王东宏、张安杰、常绍彦等用餐。

【9月8日】 向郭部长汇报省精品工程进展及建国六十周年晚会筹备进展。

下午陪同刘慧晏书记视察文展会现场。晚上修改《一诺千金》。

【9月9日】 同王宝霞、金辉去济南省委宣传部文艺处，见高玉升处长，就省精品工程作品进行交谈。下午见耿新、丁西滨后回。晚上看《闯关东》中篇，手法与第一部相近，节奏太慢，

无多少新鲜感。

【9月10日】 收到杜祥龙的签名书《半世瓷缘梦与真》一书。

【9月11日】 准备去北京的有关材料，调度文艺晚会的有关节目。读《组织与管理研究的实证方法》一书。

【9月12日】 同刘永杰去北京，晚上同段华用餐。把申报关注森林文艺奖的有关材料给段华。读《组织与管理研究的实证方法》一书。

【9月13日】 中午同段华用餐后回淄博。文展会今日撤展。读《组织与管理研究的实证方法》一书。

【9月14日】 参加部长例会。准备山东文化产业项目发布会。读《组织与管理研究的实证方法》一书。

【9月15日】 准备发布会有关材料，下午去济南南郊宾馆发布，省宣传部高玉清主持，郭部长致辞，我发布五个项目。晚上同聂宏刚、高玉升用餐。

【9月19日】 上午同张茂亭在荣宝斋23楼谈中华翰文博艺园选点建设问题，中午同李祖卿、李清玉、周村南郊镇黄雪颂，定李祖卿309国道南项目问题。

【9月20日】 到市歌舞团审查参加全市庆祝建国六十周年文艺晚会的节目。读《博弈论与经济行为》一书。

【9月21日】 就中华翰文博艺园问题同张店区杜海圣商讨，派德征领茂亭见海圣。读《博弈论与经济行为》一书。

【9月22日】 中午同海尔兄弟常征、东郊库春景等用餐，

就海尔工业园问题进行探讨。写作 DBA 论文。读《博弈论与经济行为》一书。

【9月23日】上午主持建国六十周年文艺界座谈会。郭部长讲话。写作 DBA 论文。读《博弈论与经济行为》一书。

【9月24日】审查调度文艺节目进展情况。写作 DBA 论文。读《博弈论与经济行为》一书。

【9月25日】调度省精品工程进展情况。写作 DBA 论文。读《博弈论与经济行为》一书。

【9月26日】去博山给岳母过生日。下午去济南，见耿新，请教博士论文的有关问题。晚上陪侯书记、郭部长审查节目。

【9月27日】审查文艺晚会有关节目，晚上陪郭部长同王莲君部长、张文部长用餐。

【9月28日】下午晚会走台，晚上举办文艺晚会。

【9月29日】上午参加全委会，下午参加纪委工作会。读《美学前沿》一书。

【9月30日】给澳科大张滢老师去信：

老师：

您好！首先祝中秋节快乐！

现把论文中期报告表发过去，论文两份已寄出。

学生，张洪兴，9月30日

中午同分管科室人员用餐。

把博士论文中期报告表和中期报告文字版发往澳科大。

澳门科技大学
博士生论文中期检查报告表

学生姓名	张洪兴	学号	0509853D–BB30–0016	导师	丁荣贵教授	学院	行政与管理学院
联系电话				电邮地址			
论文题目	民营企业家社会资本、动态能力与企业绩效研究——以中小型科技企业为例						

　　中期检查报告（1）论文工作是否按开题报告预定的内容及进度进行；（2）已完成的研究内容及成果；（3）目前存在的或预期可能出现的问题；（4）论文完成的可能性。

　　论文完全按照开题报告的既定内容展开研究，即主要考察民营企业家社会资本、组织动态能力与企业绩效三组变量间的相关关系，并研究组织宽裕与吸收能力在企业家社会资本与组织动态能力之间是否存在干扰效应。同时，根据开题报告会上专家的意见，本论文亦将组织动态能力是否在企业家社会资本与企业绩效之间存在中介效应，增添为考虑对象之一在论文中予以研究。

　　本研究采用了样本调查统计方式作为相关假设的主要验证手段，因此数据的获取问题为本研究之难点所在。本研究初期采用了抽样邮寄问卷之调查手段，经过近3个月的问卷收集，回收的问卷质量十分不理想，因此本研究后期被迫采用了研究者登门拜访的方式获取调研数据。该方式尽管费时费力，事后效果证明，回收问卷数据质量良好，但也因此耗费了本研究近4个月的调研时间，耽搁了论文进度。

　　目前，论文已完成了前四章（绪论、文献探讨、实证框架提出及研究方法设计）的写作工作，且数据处理已经完毕，正进行第五章数据处理与结果分析的写作，目前论文已完成部分为13万余字。从数据处理结果来看，本研究意欲验证的相关关系、干扰效应和中介效应已大部分得到了证实，但亦有部分假设未能通过（如企业家制度社会资本对技术动态能力之影响、组织宽裕在企业家技术社会资本与组织市场动态能力间的干扰效应等）。

　　目前论文写作主要存在的问题是数据获取难度极大（本论文的研究对象为企业家，而非一般企业员工，企业家又往往对其社会资本问题讳莫如深），因此耽搁了论文写作进度。好在目前调研数据的获取与处理已全部结束，仅欠缺相应的文字报告，论文完成的可能性还是极大的。论文后期所要面对的难点主要存在于对未通过假设的合理解释及相关现实性建议，对此论文作者已有了相对成熟的考虑，该问题应不会阻碍论文的完成。

学生签名：张洪兴

2009年9月26日

导师意见：

导师签名：丁荣贵

2009年9月27日

学院意见：

学院负责人签字：

年　　月　　日

【10月1日–8日】集中精力修改一遍《一诺千金》。

10月7日上午收到澳科大的来信:

张洪兴同学:

您好!

您的中期检查论文寄件已收到,特此确认。

兹提醒,于完成中期检查报告会后,定稿论文必须符合"研究生论文写作"的格式与排版要求(包括字数与打印要求),恕不接受提交未符合大学要求的定稿论文,谢谢关注!

如有任何查询,敬请于办公时间内联系本人。

张滢(Rita)澳门科技大学

10月7日下午收到澳科大的来信:

张洪兴同学:

您好!

您已获安排参加中期检查报告会,随函附上报告会通知函,中期检查报告会须知详见下方,敬请查照,谢谢!

建议您于当天上午9:15抵达会场提前做好准备,在此之前请先到A408室领取通知函(正本),以及会场出入证(此证是方便出席报告会的人士进入N座大楼乘搭电梯之用,无出入证者则要经楼梯步行前往会场),敬请留意。

中期检查报告会须知:

博士生论文中期检查报告会场约为45分钟。首先是学生以PPT的形式自述论文的写作情况、至今尚未解决的困难等(自述时间不超过15分钟),其后评委将指出论文现有的问题及后续写作时应注意之处。学生应自行摘录评委的建议,作为论文后续写作或修改时参考之用(学院将不再发出书面通知)。PPT没有指定的格式要求,仅以简洁为主。

若有任何查询,请于办公时间内联系本人。

张滢(Rita)澳门科技大学行政与管理学院

张洪兴同学：

　　阁下申请参加工商管理博士学位论文中期检查报告会已获行政与管理学院批准，现拟定于下列时间进行中期检查报告会：

日期： 2009 年 10 月 14 日（星期三）

时间： 上午 9:30—10:15

地点： N413 室

以上内容，敬希垂注。敬请提前抵达会场做好准备。

澳门科技大学行政与管理学院

2009 年 10 月 7 日

　　【10 月 10 日】同山东理工大学管理学院院长段福兴、副院长程钧谟请教，沟通 DBA 论文中期报告有关事宜。

　　【10 月 11 日】同 DBA 同学李涛沟通 DBA 论文中期报告问题。准备去澳门进行 DBA 论文中期报告的材料。

　　【10 月 12 日】熟悉演练 DBA 论文中期报告材料及 PPT。

　　【10 月 13 日】去澳门参加博士论文中期报告会。上午济南乘机，下午 5:30 达到珠江。晚上书店买书《一句顶一万句》。

　　【10 月 14 日】上午 9:30N 楼进行博士论文中期报告会。自认为答辩比较成功。

　　【10 月 15 日】从澳门返回。路上读小说《一句顶一万句》。

　　【10 月 19 日】向澳科大提出延期一个月提交论文的申请：

张老师：

　　您好！

　　现把我的一个申请发过去，当否，请指正。

　　祝万事如意！

学生，张洪兴。10.19

收到澳科大的来信:

张洪兴同学:

您好!

兹通知,您延期一个月提交论文的申请已获学院批准,您可以免费延期一个月提交,敬请务必于 2009 年 11 月 30 日或之前提交一式四份获导师同意并且符合大学要求的简装版论文(论文的内文字数、格式排版及打印要求均应符合大学要求),谢谢关注!

如有任何查询,敬请于办公时间内联系本人。

张滢(Rita)澳门科技大学行政与管理学院 A408 室

【10 月 20】修改 DBA 论文。收到澳科大的来信:

05 级 DBA 同学:

您好!

您的学籍将于 2010 年 8 月 31 日到期,按照大学规定,学生必须于 6 月 30 日之前完成并通过正式的论文答辩,方有资格申请工商管理博士学位。鉴于目前论文进度相当紧迫,为了给予同学在学籍有效期内有参与答辩的机会,学院现简化论文流程,更改如下:

取消论文预审,学校将不再安排老师对学生之定稿论文进行初步审阅,即通过开题报告会并依时提交一式六份定稿论文者,均可申请参加正式答辩,但仍需通过典试委员会评审后,方可获安排答辩会。

在此提醒您,您必须在 2010 年 4 月 26 ~ 30 日或之前提交经指导老师同意推荐(《导师推荐表》详见附件 4)的一式六份符合大学要求的定稿论文以及一份学位申请书至学院以办理申请答辩的手续。凡逾期未提交论文者,将不再获安排进行论文答辩流程,仅被视为选择不继续论文之写作,向校方申请修业。

随函附上学位申请书(参照附件 2《学位申请书》与附件 3

《学位申请表（导师推荐）》），以下为填表注意事项，敬请留意：

1. 填写电子表格时请勿更改原有的字段及格式设定（建议使用12号字，切勿增加页数，并请以单面打印）；

2. 表中应附上申请人相片；

3. 表中蓝色字部分，如：第4页"成绩"字段的数据应由学院负责填写；

4. 申请人及导师签署位置须以签署笔迹为核（恕不接受计算机字）。

5. 请注意在各页脚处填上本人的姓名及学号。

6. 表格可通过传真或扫描电邮的方式提交。

特别提醒：若使用邮局挂号寄件方式提交论文及数据，请在收件人字段填写"行政与管理学院A408室收"即可（切勿写有某人姓名，若是快递等寄件方式则无此限制）。

如有任何查询，敬请于办公时间内联系学院。

陈子夏（Sylvia）澳门科技大学行政与管理学院

【10月31日】 去博山参加首届博山杯陶瓷琉璃艺术大奖赛，接待省委宣传部高玉清副部长。晚上在金五福接待中央台寻宝节目组。

【11月1日】 同俊海去临朐看红叶，大部分红叶已落，当地人言上周正合适，美丽风光不待人。同学王元孟、吴因元热情接待。下午返回。

【11月2日】 参加部长办公例会。读《美学前站》一书。

【11月5日】 参加市文化产业协会成立大会，我被选为会长。读《美学前站》一书。

【11月3日】 就我的博士论文事宜请教理工大程钧谟院长。去济南，中午同作家自牧、书法家刘健用餐。

【11月6日】 去济南，见自牧、张元祥，赠送晓松字画。中午用餐，于展军陪同。

【11月7日】 参加第十届记者节运动会。读《美学前站》一书。

【11月8日】 参加淄博日报等举办的记者节答谢读者文艺会演。读《美学前站》一书。儿子已经培栋安排在高青县文化局，手续办完。

【11月9日】 参加部长办公例会。修改DBA论文。

【11月11日】 同宝霞去济南见省委宣传部的高玉升处长。中午拜访王风胜副部长，省文化厅邢局长接待。修改DBA论文。

【11月12日】 向郭部长汇报有关人事情况及文化产业情况。修改DBA论文。

【11月13日】 中午同凡利、士鹏、延科用餐。修改DBA论文。

【11月14日】 接待《青年文学》主编李师东、《人民文学》邱华栋、鲁迅文学院王冰。修改DBA论文。

【11月15日】 出席小笨熊赠书仪式。中午去周村接待邱华栋。修改DBA论文。

【11月16日】 参加部长例会。修改DBA论文。

【11月20日】 修改DBA论文。

给澳科大去信：

张老师：

　　你好！

　　我想问一下：论文提交时，需不需要导师作出书面评价？像中期报告那样填表格？提供几份装订报告？谢谢。

　　祝福您！

学生，0509级，张洪兴，11月20日

收到澳科大张滢来信：

张洪兴同学：

　　您好！

　　您的定稿论文请先交予导师审阅（但不需要填表），论文并请按大学的规范格式排版并提交一式四份简装版，特此回复，谢谢关注！

　　如有任何查询，敬请于办公时间内联系本人。

张滢（Rita）澳门科技大学行政与管理学院A408室

　　【11月26日】　主持召开全市文化产业专题会议，郭部长讲话。接待中宣部干部局王国维处长。读完《跟随蒲松龄去梦游》一书。

　　【11月30日】　把博士论文电子版发给澳科大张滢老师。读完《他从齐国来》。

　　【12月4日】　去南京炮兵学院，见王友高等，为儿子拿派遣证。读《雍正皇帝》。

　　去济南见自牧、张元祥。下午回来接待郎新洲。

　　【12月5日】　出席吴东魁先生书画展并致辞，同山东理工大我的研究生张璐研究她的开题报告。

　　【12月6日】　修改我的博士论文，下午修改张璐的开题报

告。张元祥来电，谈儿子改派事宜。筹备去临沂开会事宜。

【12月9日】 我的博士论文修改稿快递到澳科大张滢老师。去临沂参加全省文化体制改革会议。见到同学临沂市副市长王晓嫚。

【12月10日】 去济南见元祥兄，把报到证交给中国冶金地质总局山东局，并办完手续。中午同自牧、元祥用餐。

【12月11日】 陪张寅去中国冶金地质局山东局一勘报到。读《易学心理学》。

【12月12日】 参加理工大硕士论文开题报告会。晚上同段福兴、程钧谟、周巧玲等用餐。

【12月13日】 参加刘统爱三十年摄影集《浮光掠影》首发式并致辞。收到彭荣均摄影集《老彭看世界》。

【12月14日】 把儿子的档案从高青县拿来并送到一队。读《易学心理学》。

【12月20日】 去北京，中午同德征、宝霞等到怀柔，看望郭部长，中午去城里用餐。下午住北京府右街宾馆。

【12月21日】 去中宣部，见作家、评论家梁鸿鹰，后见尚雨。中午去文艺报社，见阎京明、范咏戈、王山等。晚上同段华、耿振豪、孙大宇等用餐。

【12月22日】 下午4点返回淄博。读《易学心理学》。

【12月24日】 在博山评全市精品工程作品。读《易学心理学》。

【12月25日】 把儿子的组织关系信送到一队，中午同高延

民、房利军及精品工程评委一起用餐。本届精品工程评选食宿费、评委费由丽纳尔集团高延民赞助。

【12月27日】参加俊海儿子结婚仪式，收到刘炳才先生的新书《滴水沧海》。本书共有12篇，分别是：科学理论武装篇、战斗精神锤炼篇、核心能力打造篇、整治工作探索篇、干部队伍建设篇、新型人才培养篇、依托培养实践篇、调查研究探索篇、典型培养宣传篇、热点问题透视篇、思想澎湃畅想篇、忠义心声激荡篇。王延奎先生作序，自序两篇。2009年11月黄河出版社出版，16开本，40印张，68.9万字。

我喜欢这本书有三点，一是能提供新的知识点，我较少看这种部队领导干部写的政论集，以前看过南京炮兵学院伏健章先生的几本集子，觉得很受启发。刘炳才先生的书，理论探索性的东西比较多，有的文稿带有开拓性，比如几篇没有公开发表的提纲挈领性的东西。二是整个文章文笔流畅，风格统一。三是从文中看出作者很勤奋，能吃苦。看来是有潜力的领导干部，若能顺利转型，也可能成为有影响的作家。

2010 年日记

【1月1日】看望岳母。下午博山房打扫卫生。

【1月2日－3日】再看《管理研究方法》一书。完善DBA论文。

【1月4日】参加部长例会及办公会。儿子上班，下午博山房打扫卫生。

【1月7日】送长江部长去文化市场执法局报到。读《社会资本的增值裂变》。

【1月8日】送启新去市纪检委报到。寄我的六部作品给范咏戈。

今日淄博日报刊登诗人张方明评我的《绿逝》的文章《农村题材长篇小说创作的新突破》。读范咏戈《化蛹为蝶》一书。

签名本《化蛹为蝶》是著名评论家范咏戈先生的最新评论集。全书为四大板块，分别是精神断想、访问文学、见证军魂、诗性现象。作家出版社2009年9月出版。收入小说、电视剧等各种评论120篇。

我与范先生认识是几年前的事了。第一次认识是在传斗小说研讨会上，咏戈先生的发言给我留下了深刻的印象。《化蛹为蝶》中有一篇《真诚随性的艺术表演》就是对传斗小说及散文的评论。后来，为了首届蒲松龄小说奖颁奖问题，我专门去文艺报社请教他。

【1月13日】同作家杨克和、鲁南、尹璐等用餐。

收到毕谦祥的签名本小说《明天的新娘》。

【1月14日】收到山东省委宣传部表彰第九届精品工程通报，我的长篇小说《绿逝》榜上有名，收到国家林业局宣传办发来的《绿逝》获全国第四届关注森林文艺奖证书。读《马克思主义哲学前论问题研究》。

【1月16日】市委对宣传部进行考核。11点主持刘金凯书法展开展仪式、王发亮、宗俊海、曹庆文、赵卫东、孟鸿生等参加仪式。中午金五福用餐，赠《绿逝》给刘金凯、温廷华，收到刘金凯签名本书法集。下午向郭部长汇报部里的中层干部任用问题。

【1月17日】上午同郭部长、孙启新、崔连星讨论部里科级干部。中午同李祖卿、李清玉在华东机电吃全羊，下午收到赵卫东书法集及书法作品。

【1月19日】推荐部里的中层干部。收到山东友谊出版社王亚太主任发来的约请我撰写《齐文化—淄博》一书的邀请，此事月前兆山主席曾告知过我，是他推荐的，决定接受。一方面可以练练笔，另一方面，能更好地熟悉齐文化，为今后写这方面的小说打打基础。收到山东文学2010年第2期，刊有张方明文章《农村题材长篇小说创作的新突破——写在《绿逝》荣获全国第四届关注森林文艺奖之际》。

【2月11日】收到守君赠画：水印画关山月《黑牡丹》、黄志兴字《虎》。读《马克思主义哲学前沿问题研究》。

【2月13日】春节在家读《暗算》、国承新《感受苗得雨》手稿、图文本《本草纲目》。写《齐文化—淄博》一书，两万

字，主要写了姜太公、齐桓公、管仲三个人物。

【2月24日】中午同画家李波、樊萍、黄文汇等用餐，收到李波画《珍珠鸡》图、樊萍画《鸭图》、黄文汇竹图《清风徐来》，李波签名本《李波作品集》、黄文汇签名本《黄文汇中国画集》。我赠小说《绿逝》。

【2月27日–28日】写《齐文化—淄博》一书，为国承新《感受苗得雨》一书写书序《心灵的对话》。

【3月3日】去济南省社科规划办交五份国家社科基金项目论文，并提出申请，把论文的子项目中加上耿新和彭留英两位学者。

【3月4日】去济南见省作协王兆山主席，探讨《彼岸》（出版时改为《一诺千金》）申报中国作协重点作品事宜。写《齐文化—淄博》一书，约三千字。

【3月5日】收到澳科大关于论文预审结果，提出了五点修改要求。同时收到研究生学位申请表两张（学生和导师分别填写）。

张洪兴先生：

您好！

您的论文预答辩会结果通知（电子文件详见附件1），其纸本（正副本各一份）已寄予您，请仔细阅读并按照意见修改。请于收到后将其中的一份副本代为转交予您的指导老师。并请于2010年4月26日–30日期间（以学院收到时间为准）提交一式六份答辩论文、一份学位申请书（表格见附件2、3），以下是填表注意事项，敬请参照：

1.填写电子表格时请勿更改原有的字段及格式设定（建议使用12号字，切勿增加页数，并请以单面打印）；

2.表中应附上申请人相片；

3.表中蓝色字部分，如：第4页"成绩"字段的数据应由学院负责填写；

4.申请人及导师签署位置须以签署笔迹为核（恕不接受计算机字）。

特别提醒：若使用邮局挂号寄件方式提交论文及数据，请在收件人字段填写"行政与管理学院A408室收"即可（切勿写有某人姓名，若是快递等寄件方式则无此限制）。

若有任何查询，敬请于办公时间内联系本人。

陈子夏（Sylvia）澳门科技大学行政与管理学院

【3月6日–7日】写《齐文化—淄博》一书。约一万五千字。

【3月10日】由博士论文改写出一篇论文《企业家社会资本对企业创新绩效的作用和影响》，发给理工大学报主编玉吉先生。收到我和俊海兄主编，我作序，范鲁执行主编的《动漫原创集》。下午把《齐文化—淄博》写作提纲发给山东友谊出版社的王亚太主任。

【3月20日–21日】写《齐文化—淄博》两篇，一万五千字。收到王亚太关于写作提纲的要求。

【3月22日】参加部长例会。读《通俗天文学》一书。

【3月23日】同房利军去济南，见省林业局丁西滨，关于姚家屿开发项目事宜。

【3月25日】收到康梅部长转来、作家徐道铃先生签字本《中国古代新闻体裁史》，这是填补这方面空白的一部专著。读《通俗天文学》一书。

把修改好的《企业家社会资本对企业创新绩效的作用与影

响》发往《郑州航空工业管理学院学报》。

【3月26日】 把修改后的《齐文化—淄博》写作提纲发给王亚太主任。把2010年文学作品扶持申报表报到省作协。读《通俗天文学》一书。

【3月27日】 去济南见自牧，后参加张元祥女儿婚宴。读《通俗天文学》一书。

【3月28日】 写《齐文化—淄博》一书，约四千字。读《齐文化概论》一书。

【3月29日】 在省图书馆参加淄博文联和济南文联主办的路今铧民族复兴赋书法作品展并致辞，龚克昌、张中亭、宗俊海、赵卫东等参加开幕式。后去省党校看望刘有先、李敏、刘长江等。

【4月2日】 在济南就DBA论文请教丁荣贵老师，同学弟耿新谈论我的论文问题。后同丁荣贵老师、作家自牧、书法家刘健、耿新博士在一起用餐。读《齐文化概论》一书。

【4月3日】 写评论莫言《大气、元气、剑气》一文。读《齐文化概论》一书。

【4月4日】 写《齐文化—淄博》一书，四千字。读《齐文化概论》一书。

【4月7日】《淄博晚报》发表我评论莫言的《大气、元气、剑气》。读《齐文化概论》一书。

【4月9日】 出席世纪天鸿文化产业园论证会。读《齐文化研究》一书。

【4月10日】 中午在桓台接待莫言后看桓台博物馆、王渔

洋纪念馆，下午去临淄看临淄博物馆，郝永勃、孙长顺等陪同。晚上在淄博饭店接待。郑峰、潘海涛、霍小语、舒晋瑜陪同。

【4月11日】 淄博剧院听莫言讲课：怎样学习蒲松龄。读《齐文化研究》一书。

【4月12日】 周村调研，中午知味斋用餐，见北京大学教授王齐国等。下午去济南见王兆山、自牧、刘健、耿新并用餐。

【4月13日】 出席并主持文联全委会、下午去北京，晚上同张宏森、韩昆山、李家玉、阚金智、葛思绪等用餐。

【4月14日】 北京梅地亚参加《旱码头》首播新闻发布会并致辞，该剧导演、编剧、主要演员到会。下午返回。

【4月17日-18日】 接待胡伟及北广传媒何公明等，先后看硅院、华光、周村大街、蒲松龄纪念馆等，18日晚接待耿新，就论文答辩进行请教。同耿新、永勃、绍彦、维寰用餐。写《齐文化—淄博》一书，约三千字。

【4月19日】 上午部长办公会、中午部长们给中宣部下派干部送行。下午去济南见丁荣贵老师，请教DBA论文等问题。晚上返回。收到永勃转来莫言签名本《蛙》。

【4月21日】 把DBA论文、学位申请书及修改说明发给澳科大：

《民营企业家社会资本、动态能力与企业绩效关系研究》
修改说明

尊敬的中期报告评审老师：

论文中期报告会后，相关老师对本人论文进行了预审，并提出了5条中肯的预审意见，在此特向提出意见的老师表示感谢！

经过近两个月的认真修改，本人再次提交论文。现就论文根据预审意见所做的修改情况，向典试委员进行一下说明。

1."研究结果较为冗长，建议修改完善"。

根据本条预审意见，作者对论文第六章第一节"主要结论"部分进行了修改和删减。该小节文字体量由14000字删减至6000余字，删减的内容主要为未获得支持相关假设的讨论，同时对未通过检验假设的讨论进行了强化，以进一步突出研究结论的讨论重点。

2."将SPSS的结果作为研究结果较为不妥，建议修改"；"建议按照规范的方式报告研究的结果"。

根据以上两条预审意见，作者对论文第五章"数据处理与研究结果分析"部分中第二至第五小节的数据结论报告形式进行了规范。其中：企业家社会资本对组织动态能力的影响（假设H1-H3）的检验，以表5-3和表5-4呈现；组织宽裕干扰效应（假设H4）的检验，以表5-5呈现；吸收能力干扰效应（假设H5）的检验，以表5-6呈现；组织动态能力对组织绩效影响（假设H6-H7）的检验，以表5-7呈现；组织动态能力中介效应（假设H8-H9）的检验以表5-8和表5-9呈现。相应的，论文对研究数据处理的数据分析内容也进行了修改，以使分析方式更为规范。具体内容请典试委员老师参见论文内容。

3."论文有关引用部分务必注明出处"。

根据本条预审意见，论文对理论分析部分所运用的引证的文献进行了仔细梳理，并按照规范格式逐一列示于"参考文献"部分。最终共整理参考文献700余条。

4."论文将各假设关系均逐一进行回归分析较为不妥，需要归纳为一个整合的分析结果。如商业、制度和技术社会资本与组织宽裕的互动（interaction），需要一次性完成调节回归分析（moderatedregression）。为简便起见，建议将规模、异质性和强度合并"。

对于本条预审意见，很遗憾，虽经作者多方尝试，但论文未能据此做出有效修改，原因特向典试委员老师在此做出解释。

本研究对企业家社会资本的测量方法借鉴了 Collins 和 Clark (2003) 有关高阶经理人社会网络的测量方法。之所以做出此种借鉴，是出于两方面的考虑：其一，正如论文所提出的，此种测量可以将以往有关企业家社会资本研究的"利益相关者"观点和"网络结构"观点有效整合；其二，以往有关企业家社会资本问题的研究（如边燕杰和丘海雄 (2000)；Peng 和 Luo (2000)；Acquaah (2007) 等）往往仅将企业家社会资本划分为商业社会资本、政府社会资本、其他社会资本、小区社会资本等几个构面，以 Likert 量表笼统分析其效用，而每种社会资本构面发挥效用的具体方式则无法简单地通过量表呈现。因此，作者认为借鉴 Collins 和 Clark (2003) 的测量方法，可更为深入地体现企业家社会资本各构面发挥效用的方式或途径，并可提供更深层意义上的理论启示。如相较以往学者强调制度社会资本对民营企业家经营运作极为重要的结论，本研究呈现的结果则进一步指出，制度社会资本中真正能够对组织动态能力和组织绩效发挥作用的仅有网络强度，网络的规模和异质性均不发挥作用。由此提出，考虑到企业家社会资本维护的成本因素，民营企业家应审慎地发展其与政府部门等相关规制机构人员的关系。

另一方面，针对老师的预审意见，作者也确实尝试了对规模、异质性和强度进行合并。为此，作者特向山东大学、山东理工大学、山东经济学院熟悉数理统计的老师进行了多方求教。所采用的方法包括：（1）以结构方程测量模型求出各网络指标显变量对社会资本潜变量因子负荷，并以因子负荷作为权重，将三个网络指标通过线性方法归结为一个指标；（2）对各社会资本构面进行因子分析，并将因子值作为该社会资本三个网络指标的合并值；（3）向专家征求意见，并运用 AHP 方法设定各网络指标重要性权重，再以线性加权方法归结某类社会资本的唯一性指标。遗憾的是，经过以上三种方法实验，数据进入回归方程后运算效果均不理想，本研究所提出假设全被拒绝，因此以上处理过程失去了对理论分析的支持意义。后经咨询，由于本研究所采用社会资本测量方法在每类社会资本构面中均同时出现了绝对值（网络规模，最大值为53）和相对值（网络异质性和网络强度，最小值为0），由于数据结构原因，很难将以上指标进行合并。如要合并，唯有重新设计测量方法，进行二次问卷调查分析。考虑到研究时间的紧迫性、指标合并的难度以及现有指标或可反映更丰富的企业家社会资本效用发挥方式，经征得指导教师丁荣贵教授同意，本研究未能按照预审意见将规模、异质性和强度指标加以合并，并将其作为研究的缺憾在论文研究限制部分中加以提出，留待后续研究加以改进。在此特向提出该意见的老师做出说明，并致以歉意。

对于进行整合回归的问题，作者也确实根据预审老师的意见进行了尝试，即将企业家商业社会资本、制度社会资本和技术社会资本各指标同时进入回归方程，或将企业家社会资本各构面及其与调节变量的交互效应同时进入回归方程，以期能够得出一个整合的分析结果。然而遗憾的是，同样因为数据结构问题（如对原始资料的分析后发现，企业家商业社会资本和技术社会资本的网络规模极为相近）以及样本规模限制，回归方程均出现了严重的多重共线性问题（以组织宽裕的调节效应分析为例，如下表所示）。由于作者在论文写作开始后才对数理统计有所接触，知识基础有限，加工作繁忙，短时间内未能系统学习解决多重共线性问题的处理方法，在与指导教师探讨后，为避免回归方程的多重共线性问题，论文的数据处理步骤未做大的改动，但对数据分析结果的报告方式进行了严格规范。在此也特向预审老师致以歉意。

张洪兴　4月21日

附表 组织宽裕在企业家社会资本与组织市场动态能力间的调节效应

	市场动态能力					
	模型 1	VIF	模型 2	VIF	模型 3	VIF
控制变量						
企业年龄	-.070(-.879)	1.328	-.068(-.884)	1.328	-.094(-1.383)	1.373
企业规模	.007(.073)	1.873	-.025(-.273)	1.892	-.034(-.402)	2.140
自变量						
商业社会资本规模	.004(.016)	14.033	.059(.237)	14.090	.217(.921)	16.462
商业社会资本异质性	.260(1.548)	5.954	.354(2.159)	6.121	-.036(-.188)	10.975
商业社会资本强度	.027(.158)	6.186	.006(.037)	6.195	-.092(-.573)	7.696
制度社会资本规模	.146(1.335)	2.510	.161(1.532)	2.515	.049(.500)	2.795
制度社会资本异质性	-.167(-1.876)	1.666	-.183(-2.140)*	1.671	-.091(-1.147)	1.874
制度社会资本强度	.196(2.516)*	1.271	.144(1.892)	1.322	.201(2.882)**	1.439
技术社会资本规模	.213(.817)	14.263	.066(.260)	14.674	-.156(-.645)	17.451
技术社会资本异质性	-.067(-.394)	6.080	-.107(-.656)	6.112	.370(2.298)*	11.974
技术社会资本强度	.245(1.394)	6.475	.236(1.402)	6.477	.370(2.298)*	7.687
调节变量: 组织宽裕			.264(3.451)**	1.332	.108(1.469)	1.608
商规×组织宽裕					-.110(-.477)	15.832
商异×组织宽裕					.118(.538)	14.378
商强×组织宽裕					.093(.406)	15.488
制规×组织宽裕					.045(.507)	2.367
制异×组织宽裕					.060(.809)	1.639
制强×组织宽裕					-.010(-.134)	1.543
技规×组织宽裕					.334(1.392)	17.088
技异×组织宽裕					-.128(-.541)	16.604
技强×组织宽裕					.248(1.112)	14.722
Adjusted R^2	0.316		0.368		0.515	
ΔR^2	0.368		0.052		0.165	
F	7.040**		7.795**		8.276**	
D-W 值			2.217			

注: [a]$p<0.10$, *$p<0.05$, **$p<0.01$

【4月24日-25日】 写《齐文化—淄博》,约两万字。

【4月27日】 收到澳科大的信:

张洪兴同学:

您好,兹收到您论文6本、学位申请书1份、修改说明6份及导师联络表1份,特此确认。

您的论文答辩会多数会安排于6月份,具体安排定将提早通知，敬请留意。

陈子夏（Sylvia）澳门科技大学行政与管理学院

【5月1日-3日】 写完《齐文化—淄博》的初稿。回临朐老家看望父母。3号去博山看望岳母，晚上同房利军用餐。

【5月4日】 同宝霞等到省电视艺术制作中心见王汉平、刘强等，商议《旱码头》下一步播出事宜。完善修改《齐文化—淄博》一书。

【5月5日】 参加《感悟山东》丛书编写会议（《齐文化—淄博》为其中的一部）。下午见王兆山主席。完善修改《齐文化—淄博》一书。

【5月6日】 去济南，见自牧、耿新等，商量论文答辩事宜。修改《齐文化—淄博》一书。

【5月9日】 去北京，中午到，见段华。

晚上同段华、梁鸿鹰、郎新洲、胡伟、姚风平用餐，议论耿新同我报教育部的课题问题。

【5月10日】 上午见陈建功主席、高洪波主席、胡平主任、吴义勤馆长，议论我申报的中国作协重点扶持作品事宜。下午回到办公室修改材料。

【5月14日】 陪郭部长去深圳参加第六届文博会，绪民、德征、德民参加。

次日，参加文博会，参观各会场。

【5月15日】 考察华侨城。晚上玩牌。

【5月16日】 环澳门一日游，午后郭部长一行回山东。我去珠海。

【5月17日】耿新来珠海，商讨 DBA 论文答辩注意事项。

【5月18日】去澳科大，办有关手续，拜见管理学院庞川院长，旁听下午同学的 DBA 答辩会。按丁荣贵导师的建议，由学弟耿新陪我到澳门，现场观摩，积累答辩经验。

【5月19日】耿新回到济南，我回淄博。

【5月28日–31日】耿新来淄博，就 DBA 论文答辩问题进行商讨。

【6月2日】收到澳科大的信：

张洪兴同学：

您好！

附件是给您的论文答辩会通知函（电子文件）及最新的博士生答辩会须知（敬请仔细参照答辩须知，论文自述部分以15分钟为限）。由于当日将有多场答辩会连续进行，建议您于当天上午9:15或之前抵达会场提前做好准备，答辩通知函的正本请于当天到行政与管理学院 A408 室领取，并请您于答辩当天提交个人通行证首页之副本一份、学习签注（注留 D）之副本一份、身份证副本一份（包括正背面）。谢谢关注！

另外，烦请于6月20日或之前告知您的导师是否能够依时出席答辩会以及是否需要大学安排校内住宿，谢谢！若您的导师无暇出席答辩会，为免影响您的答辩成绩，应在答辩会6月25日或之前交回一份由导师签署的答辩表决票（如有需要请通知学院提供表决票）；若导师出席答辩会，则表决票在会上签署即可，特此说明，敬请留意，谢谢！

若有任何查询，敬请于办公时间内联系本人。

陈子夏（Sylvia）澳门科技大学行政与管理学院

【6月4日】完善《齐文化—淄博》一书，得三千字。

【6月5日】主持山东理工大07级硕士论文答辩会，我为答辩委主席，王磊、赵佳元、李萍、徐倩倩、刘飞通过答辩。

【6月20日–21日】熟悉论文。构思下半年写作计划：出版《六然堂丛稿之三》、《社会共识论》、《旅游伦理学》三本书。完成两本散文集的出版，完成省课题《社会资本投资风险》一书。写完《信息美学》一书。

【6月24日】收到澳科大参加答辩会的信，要求6月30日参加答辩会。

【6月28日】上午从济南乘飞机，先到深圳后去澳门，住在君怡酒店，按丁荣贵导师的安排，学弟耿新陪我到澳门。晚上演练DBA论文。

【6月29日】去澳科大研究生院。中午在校吃饭。后去图书馆看书，耿新陪同。晚上演练DBA论文。

【6月30日】早上5点起床，看了一遍书。8点下楼，打不上的，只好步行。到学校时第一个答辩的同学即将开始。

我的答辩10:30开始，耿新陪同并旁听，我的几位同学旁听。开始稍有紧张，一会儿就没事了。答辩顺利。答辩完毕后，答辩委员会研究了约半小时。我俩便在外等候，半小时后澳科大校长，答辩委主任许敖敖教授宣布：我的答辩通过，我的另一位同学未通过需要再修改，等待下次答辩。走出会场后，把答辩通过的消息告诉夫人，告诉丁荣贵导师，告诉了郭部长。耿新和我的几位同学向我祝贺。

下午去深圳乘机，飞机晚点两个半小时。

【7月1日】北京好友吴义勤、范咏戈来电，祝贺我的长篇

小说《彼岸》（出版时改名为《一诺千金》）作为中国作协 2010 年重点扶持作品已通过。

【7月3日—4日】修改《社会共识论》一书。

【7月8日】下午 4 点，带领部里部分同志去井冈山考察学习，火车上先读小说《还乡》，后玩牌。

【7月9日】上午 9 点到南昌，看八一起义纪念馆，后乘车去井冈山，下午 6:30 到林野大酒店入住。

【7月10日】全天考察学习井冈山主要景点。

【7月11日】上午参观烈士陵园、故居等景点，后去南昌，下午 2:30 到南昌。4 点乘火车返回。

【7月12日】上午 10 点到达淄博火车站。读完《还乡》。修改完善《社会共识论》。

【7月15日】晚，接待《时代文学》主编房义经等，传斗、安杰、青山陪同。

【7月17日】修改完善《社会共识论》。

【7月18日】亲戚两桥庄刘同水去世，去博山，下午回。修改完善《社会共识论》。

【7月19日】把《社会共识论》一书交方明排版印刷。
收到澳科大答辩结果的来信。

张洪兴同学：

您好！

附件 1 是您的博士学位论文答辩结果通知（电子文件），其纸本（正副本各一份）将于 7 月 19 日通过挂号方式寄予您，请于收到后将其中的一份副本转交予您的指导老师，谢谢！

请于指定期限将已符合大学要求并已获导师同意的一式两份散装修改版论文，连同导师签署的附件2表格（请勿加页）、一张论文电子文件光盘、订装费港币／澳门币70元（每份35元，恕不接受硬币）一并提交学院，谢谢关注！

特别提醒：若以邮局挂号寄件方式提交论文，请在收件人字段填写"行政与管理学院办公室（A408室）"收即可，切勿在收件人字段填写某人姓名（其他寄件方式如快递则无此限制），敬请留意。

若有任何查询，敬请于办公时间内联系本人。

顺颂台祺！

赵伟（Max）

【7月20日】修改《旅游伦理学论纲》，力争8月印刷。

【7月24日】修改《旅游伦理学论纲》。

为李清河诗集《商海儒风》写序。

【7月25日】上午写完李清河诗集序《夏夜，一缕清爽的风》，再读《白鹿原》及《陈忠实，在东西方文学的坐标上》。下午去济南报到，参加全省文化体制改革及产业发展振兴大会。

【7月26日】参加会议。中午同《大众日报》姜克检、郑立波、员瑞虎用餐。晚同自牧等用餐。

【7月27日】《文艺报》刊登2010年中国作协重点扶持作品名录，有我的长篇小说选题《彼岸》。修改DBA论文。

【7月30日】哲学专著《社会共识论》出版，方明送来样书两包。修改DBA论文。

【7月31日】修改DBA论文，读《信息哲学》。

【8月1日】修改《旅游伦理学》，读完《白鹿原》。

【8月2日】 上午参加部长例会，后参加部长办公会。后去邹平莲花山见王兆山主席。修改 DBA 论文。

【8月3日】 修改《旅游伦理学论纲》。下午接待杭州画家邓雪梅，收到其赠送的工笔画一幅。晚上同德征、毕建国等用餐。

【8月4日】 上午修改《旅游伦理学论纲》，下午接待画家孙大宇，收到他的山水画扇。后去济南见自牧、耿新等。

【8月5日】 上午修改《旅游伦理学论纲》，下午看《哲学美学导论》，研究参加山东省文博会参展问题。中午读《信息哲学》，晚上修改 DBA 论文。向部机关每人赠书《社会共识论》。

【8月6日】 中午同泉水、家祯等用餐，晚上接待北京故宫博物院专家单国强、王健华、霍海俊，三专家受淄博文联、文物局、鲁中晨报等邀请，明日在东方艺术城鉴宝。

【8月7日】 上午修改《旅游伦理学论纲》，中午 12 点去北京，下午 5 点到，晚上在金钱豹会馆同何公明、胡伟、白相房、刘鸿冰等用餐。后住大东方宾馆。

【8月8日】 早上同段华吃早茶，后同白相房返回，13 点到高青，吃兰亭火锅，同徐培栋、周元军一起用餐。

【8月9日】 修改完《旅游伦理学论纲》，准备继续修改完善《齐文化—淄博》一书，时间很紧，亚太要求 9 月底交稿子。从网上订购了十几部关于深圳发展的小说及报告文学，如《问苍茫》、《春天的故事》等，这几本书是朋友徐明天写的。读一下这些书，对写作《彼岸》(《一诺千金》)是有好处的。下午同郭部长、德征研究外出招商事宜及近期工作。

【8月10日】 读《哲学美学导论》一书，晚上写《齐文化—

淄博》两千字。

【8月11日】审看准备参加山东省文博会的展位设计。修改DBA论文。晚上写《齐文化—淄博》两千字，读《信息哲学》。

【8月12日】陪郭部长审查文博会展位设计。修改DBA论文。晚上写《齐文化—淄博》两千字。看到《文艺评论》今年第二期张德明先生的文章《隐秘沉潜的文学皈依——2009长篇小说论略》，文章里有专门对我的小说《绿逝》的评论。读《哲学美学导论》。

【8月14日－15日】写《齐文化—淄博》两万五千字，主要写里面的《湖光粼粼》、《孝妇河畔》、《秀丽鲁山》篇目。

【8月18日】写《齐文化—淄博》中的《兴衰蹴鞠》篇目八千字。读《信息哲学》。

【8月19日】写《齐文化—淄博》之《山河遗迹》篇目。修改DBA论文。

【8月24日】中午同人保公司孙涛等用餐，商定出版博士论文事宜。修改DBA论文。

【8月25日】去济南，中午同张元祥经理用餐，晚上同王希军、张友谊、白相房用餐。

【8月27日】在济南参加全省文化体制改革工作会及文博会调度会。读《宗教哲学》。

【8月28日】中午同自牧、张元祥、刘健等用餐。修改《齐文化—淄博》中的《山河遗迹》和《兴衰蹴鞠》两篇。

【8月28日】给澳科大去信，提交定稿论文、修改说明及导师签署的意见：

陈老师：

　　您好！

　　上午我已经把修改后的论文两份、修改意见及导师签署的意见发给您了。装订费各银行不给汇港澳币，我只好把港币放到信封里，用特快专递发给您了。

　　很感谢您对我的关照和支持。对给您增添的麻烦深表歉意。

　　　　　　　　　　　　　　　　　　　　　　　　　祝福您！

　　　　　　　　　　　　　　　　　　　学生，洪兴，8 月 30 日

《民营企业家社会资本、动态能力与企业绩效关系研究》修改说明

尊敬的典试委员会各位委员：

　　很荣幸本人的论文能够得到各位专家委员的认可，使本人的论文得以顺利答辩通过。在此，谨向澳门科技大学的领导及行政与管理学院的各位领导、老师多年来给予本人的悉心栽培、指导表示由衷的感谢。

　　自接到"论文答辩结果通知"后，本人根据典试委员会专家所提出的修改建议，逐条对论文进行了再次修改，现将修改结果向各位专家汇报如下：

　　1. 将原论文表 5-1 与 5-2 修改合并，形成当前论文版本中的表 5-1，即在原论文稿表 5-2 的基础上添加了个变项的 mean 和 sd，文字叙述合并后做相应修改。

　　2. 将原论文的表 5-3 与 5-4 合并为当前论文稿中的表 5-2，文字叙述合并后做相应修改。

　　3. 将原论文表 5-8 与 5-9 合并为当前论文稿中的表 5-7，文字叙述合并后做相应修改。

　　4. 论文格式依照大学规范进行了修正。

　　以上即为本论文依各位典试委员会专家建议所进行的修改，请各位专家审阅，并再次向各位专家致以深深的谢意。

　　　　　　　　　　　　　　　　　　　　　张洪兴　8 月 20 日

指导老师复审意见：

> 接到论文答辩结果通知后，该生即根据典试委员会的各项建议进行了细致的逐条修改，修改结果令人满意，达到了典试委员会要求。个人认为论文复审可以通过。
>
> 丁荣贵
>
> 2010 年 8 月 19 日

【9月9日】主持迎省运庆国庆美术书法展并致辞。

【9月10日】出席区县文联主席会并讲话。修改《齐文化—淄博》一书。

【9月11日】临淄参加《蹴鞠》首映并讲话。修改《齐文化—淄博》一书。

【9月12日】读《宗教哲学》。修改《齐文化—淄博》一书。

【9月16日】参加 2010 中国·涌泉书法大展开幕式。读《宗教哲学》。

【9月17日】看 22 届省运会开幕式预演，总的感觉很好，不足：后两个节目有些拖拉，大屏利用不够。读《宗教哲学》。

【9月18日】修改《齐文化—淄博》中的《回味无穷》篇目。

【9月24日–25日】修改《齐文化—淄博》中的《园林异彩》、《文博写意》篇目。

【9月26日–27日】26 日收到《中国文学》、8/2010，封面，蒋子龙，封底，高洪波。该刊评出创刊五年来中国十大最受读者喜爱的作家，长篇小说《绿逝》获该刊长篇小说优秀奖。

参加山东省第三届文博会。

【9月30日】 中国现代文学馆发来鲁迅文学奖征求意见表格及填表要求，每一项目选择五项后寄出。

参加省文博会表彰会。按澳科大要求把省委党校研究生证书、理工大硕导聘书、教授级政工师聘书电子邮件发到澳科大。

【10月1日-7日】 集中假期修改《齐文化—淄博》一书。10月2日参加淄博市古陶瓷收藏鉴定协会成立大会并致辞。

【10月8日-9日】 修改完《齐文化—淄博》，共16篇散文，大约22万字。把电子版发给友谊出版社亚太主任。

【10月10日】 集中修改《旅游伦理学纲要》。读《组织行为学》。

【10月16日】 接待山东友谊出版社王亚太等，博山成文、程涛部长陪同。

【10月17日】 修改我的《社会资本与企业绩效》一书。读《组织行为学》。

【10月18日】 部里科级实职以上干部欢送新法部长。
撰写《旅游伦理学纲要》后记。

【10月19日-20日】 19日，在纪念蒲松龄诞辰370周年学术讨论会上致辞。读《组织行为学》。在孔夫子旧书网订购名家签名书15本，价值近两千人民币。

【10月21日】 上午参加中国首届《醒世姻缘传》研讨会并致辞。中午同作家张安杰、刻瓷家范杰、画家常少言、玉雕塑家薛磊用餐，收到少言转来李济民的画《咏梅》。

【10月22日】 中午同自牧等用餐，收到自牧签名书《舍得

集》及《齐鲁英才》。读《组织行为学》。

【10月24日】接待自牧和侯博瀚。读《组织行为学》。

【10月25日】参加蒲松龄诞辰370周年纪念大会。读《自组织管理原理》一书。

【10月27日】同画家于受万、樊萍等用餐。收到孔网订的书《网络美学》和《控制论、系统论、信息论与美学》。读《自组织管理原理》一书。

【10月28日】把《旅游伦理学纲要》电子版给方明发过去，准备排版印刷。晚上同李家玉、葛思绪、张安杰用餐。

【10月29日】中午同薛磊、常少言用餐。收到诗人国承新签名书《感受苗得雨》，有我写的序言。

近几天收到孔夫子旧书网订购的书如下：签名本《王蒙自传》，艾思奇《毛主席对马克思主义哲学的主要贡献》（1977年遗稿）李达顺签名给王德胜并附有四页信件、其主编的《自然辩证法原理》，于光远著签名给崇光同志的《吃、喝、玩：生活与经济》，李以章主编签名给丘光辉的《自然辩证法原理》并附一页信，《技术美学》丛刊创刊号，杨大均主编并签名给刘勤明的《技术美学概论》。

【10月30日–31日】《彼岸》（《一诺千金》）被列为中国作协2010年重点扶持项目后，决定在小说里增加一条企业改革线，需要增加六万字左右的内容。增写修改长篇小说《一诺千金》。

【11月1日】托飞跃去济南把书稿《社会资本与企业绩效》送给自牧，捎回刘健书法作品三幅。

【11月2日】增写修改《一诺千金》。收到从孔网订的书：

王蒙签名本《庄子的快活》，张抗抗等五位作家的签名书《生命的喟叹》，高洪波签名本《与鸵鸟对视》、《数学美学概论》，王蒙83年签名本《漫话小说创作》，王蒙签名本《王蒙小说报告文学选》，曾镇南签给白薇的《王蒙论》，巴金等主编、巴金等25名作家签印的《书海知音》。

【11月3日】 增写修改《一诺千金》。收到从卓越网订购的小说《指挥》、《国资企业》《绝不是靠运气》、《海之门》，文学理论《文学的维度》、《追求与选择》。

【11月4日】 去济南，在文学所王耕夫处签中国作协重点扶持作品的合同，中午同省作协王兆山主席、作家王耕夫用餐。

收到从孔网订购的书：涂途签名给艾克恩的《信息论控制论系统论与美学》和涂途签给叶水夫的《西方美育史话》，《当代西方法哲学主要流派》，邬琨著《哲学信息论导论》，中国作协副主席高洪波给德厚的亲笔信，南京大学哲学系教授李廉给丘亮辉教授的毛笔信，《连载小说》创刊号，雷达签给于建的《小说艺术探胜》。

【11月8日】 收到韩青签名书《品读岁月》。修改《一诺千金》。

【11月11日】 下午去济南，见省规划办的刘兵主任，谈我的课题问题。

【11月12日】 收到从孔网订购的书：童云亮主编《中外名人签名封片精选》，巴金签名本《梦与醉》，铁凝签给李海峰书记本《草戒指》，马瑞芳签名本《这张魔鬼的床》，哲学家赵家祥签给王春年的《唯物史观的核心和当代现实》，涂途编著《西方美学史概观》，蒋子龙签给冯骥才的《春雷》，阎波等编著《工程美

学导论》，王蒙签名本《王蒙自传》两本，李锐赠朱校长的签名本《李伯球同志诞辰九十周年纪念》，涂途签名赠桑吉的书《西方美学史概观》。购《老人天地》创刊号、《我的先生王蒙》、《四月泥泞》和一个老乡的书《背后的河流》。

同我的研究生张璐、杜丽荣谈省课题《企业社会资本、凝聚力与企业绩效关系研究》，他们两个的研究生论文可做这个题目，一个做企业内部社会资本，一个做企业外部社会资本。

【11月13日】省社科规划办刘兵来电：我和我的两个研究生申报的《企业社会资本、凝聚力与企业绩效关系研究》课题，已列入山东省社科规划项目。

【11月14日】和夫人同胡春景、刘志庆、王克东、王家祯、徐德征等在金太阳用餐，是我的生日。

【11月15日】中午同北京画家曹瑞华、樊萍、建伟、康梅、立敏、方明用餐，收到瑞华画石榴《春华秋实》。

【11月16日】向常委会汇报全市文化体制改革和产业发展振兴大会筹备情况。读完《系统论控制论信息论与美学》一书，有收获。

【11月17日】读完长篇小说《破茧而飞》，读《长篇小说与艺术问题》。

【11月20日–21日】增写修改小说《一诺千金》，读《长篇小说与艺术问题》。

【11月22日】部长办公例会。后去济南看望丁荣贵老师，赠孙大宇画扇。

【11月26日】参加全市文化体制改革和产业发展振兴大会。

下午去济南山大见管理学院司慕荣老师，见研究生院谭好哲院长。

【11月27日】中午同李祖卿等用餐。增写修改小说《一诺千金》。

【11月28日】同王彦永去潍坊参加姜克检女儿婚宴。增写修改小说《一诺千金》。

【11月30日】收到澳科大的来信：

致：2010年10月28日毕业研究生

领取毕业证书通知

兹通知你可由即日起至2010年12月31日前，凭学生校园卡及身份证明文件，到本大学研究生处（N412室）领取毕业证书。学生如未能亲自领取，可填妥授权书并按《领取毕业证书规定》以授权代领之方式处理。

如学生确实无法于上述规定日期前亲自或授权他人来校领取毕业证书，请填妥领取毕业证书回条，并按照《领取毕业证书规定》，于2011年1月14日前寄回或传真至（853）28827666本大学研究生处，以便作出相应之安排。

随函附上《领取毕业证书规定》，请务必仔细阅读并按规定办理有关事宜。

查询请致电（853）88972262或传送电子邮件到sgs<mailto:sgs@must.edu.mo>@must.edu.mo与研究生处联络。

澳门科技大学研究生处

【12月4日–5日】增写修改小说《一诺千金》。读完《恢复哲学的尊严》一书。

【12月7日】指导研究生张璐、杜丽荣论文问卷设计。增写修改小说《一诺千金》。

【12月11日-12日】增写修改小说《一诺千金》。读《哲学信息论导论》和长篇小说《命运》。

【12月16日】指导两位研究生修改调查问卷。增写修改小说《一诺千金》。

【12月18日-19日】修改小说《一诺千金》。读完《哲学信息论导论》。

【12月20日】读小说《命运》。最近订购一批书籍:信息美学方面的两部,长篇小说4部,兰花、竹子的画法及隶书、瘦金书的字帖。

【12月21日】订购柳原书法一百张。读小说《命运》

【12月24日】在济南同自牧、刘坚、张元祥过平安夜。

【12月25日-26日】增写修改小说《一诺千金》。读完《命运》,感觉写得有些粗糙。读《感性学发微》。

【12月27日】在济南参加全省广电网络挂牌仪式,中午同自牧、刘健、亚太用餐。晚上同樊萍、张德娜、青海画家张权用餐。通过樊萍订购张权10米长卷一幅。

【12月28日】读《感性学发微》。在济南同段华、自牧、张元祥等用餐。

【12月30日】我的《旅游伦理学论纲》出版,方明把书送来。

【12月31日】给澳科大去信:

研究生处老师：

新年好！

上午我已经把《领取毕业证回条》、《档案申请表》、《自我鉴定书》、身份证及通行证副本用快递寄了过去。后来发现汇款单没放到里边，下午又用快递把汇款单（本月29日汇款港币350.00）寄了过去。

新年快乐！

学生，张洪兴，12月31日

2011 年日记

【1月5日】增写《一诺千金》。决定我的毕业生保证金三千余元不再领取，捐赠于澳科大校友会联合总会。

【1月6日】给澳科大去信并收到澳科大回信：

尊敬的麦老师：

您好！

现把在港澳地区学习证明申请表及校园卡复印件先发过去。同时已把申请表、校园卡复印件及 150.00 港元的邮资汇款单快递了过去。

祝新春快乐！

张洪兴，2011 年 1 月 6 日

张洪兴同学：

您好！

本处已收到您寄来的资料，如需申请《在港澳地区学习证明》，请填妥附件的表格后，以电邮或传真（fax：28827666）的方式发送至研究生处。谢谢！

1 月 18 日

给澳科大去信：

麦老师：

您好！

学生档案和在学证明都收到了，谢谢！

毕业证书怎没有一起寄过来呀？

祝福您！

洪兴，1 月 18 日

收到澳科大的来信：

张洪兴同学：

您好！

为避免寄失，毕业证书是以双挂号的形式从澳门寄出，邮寄时间约需要 2 周。谢谢！

Best regards

【1 月 23 日】 参加部长例会，研究本周工作。收到澳科大寄来的博士毕业及学位证书。给澳科大去信：毕业证及学位证书已收到。